Memorias del Subsuelo

Por

Fiódor Dostoiesvski

El autor de este diario, y el diario mismo, pertenece evidentemente al campo de la ficción. Sin embargo, si consideramos las circunstancias que han determinado la formación de nuestra sociedad, nos parece posible que existan entre nosotros seres semejantes al autor de este diario. Mi propósito es presentar al público, subrayando un poco los rasgos, uno de los personajes de la época que acaba de transcurrir, uno de los representantes de la generación que hoy se está extinguiendo. En esta primera parte, titulada Memorias del subsuelo, el personaje se presenta al lector, expone sus ideas y trata de explicar las causas de que haya nacido en nuestra sociedad. En la segunda parte relata ciertos sucesos de su vida.

FEDOR DOSTOYEVSKI

MEMORIAS DEL SUBSUELO

I

Soy un enfermo. Soy un malvado. Soy un hombre desagradable. Creo que padezco del hígado. Pero no sé absolutamente nada de mi enfermedad. Ni siquiera puedo decir con certeza dónde me duele.

Ni me cuido ni me he cuidado nunca, pese a la consideración que me inspiran la medicina y los médicos. Además, soy extremadamente supersticioso... lo suficiente para sentir respeto por la medicina. (Soy un hombre instruido. Podría, pues, no ser supersticioso. Pero lo soy.) Si no me cuido, es, evidentemente, por pura maldad. Ustedes seguramente no lo comprenderán; yo sí que lo comprendo. Claro que no puedo explicarles a quién hago daño al obrar con tanta maldad. Sé muy bien que no se lo hago a los médicos al no permitir que me cuiden. Me perjudico sólo a mí mismo; lo comprendo mejor que nadie. Por eso sé que si no me cuido es por maldad. Estoy enfermo del hígado. ¡Me alegro! Y si me pongo peor, me alegraré más todavía.

Hace ya mucho tiempo que vivo así; veinte años poco más o menos. Ahora tengo cuarenta. He sido funcionario, pero dimití. Fui funcionario odioso. Era grosero y me complacía serlo. Ésta era mi compensación, ya que no tomaba propinas. (Esta broma no tiene ninguna gracia pero no la suprimiré. La he escrito creyendo que resultaría ingeniosa, y no la quiero tachar, porque evidencia mi deseo de zaherir.) Cuando alguien se acercaba a mi mesa en demanda de alguna información, yo rechinaba los dientes y sentía una voluptuosidad indecible si conseguía mortificarlo. Lo lograba casi siempre. Eran, por regla general, personas tímidas, timoratas. ¡Pedigüeños al fin y al cabo! Pero también había a veces entre ellos hombres presuntuosos, fanfarrones. Yo detestaba especialmente a cierto oficial. Él no quería someterse, e iba arrastrando su gran sable de una manera odiosa. Durante un año y medio luché contra él y su sable, y finalmente salí victorioso; dejó de fanfarronear. Esto ocurría en la época de mi juventud.

Pero ¿saben ustedes, caballeros, lo que excitaba sobre todo mi cólera, lo que la hacía particularmente vil y estúpida? Pues era que advertía, avergonzado, en el momento mismo en que mi bilis se derramaba con más violencia, que yo no era un hombre malo en el fondo, que no era ni siquiera un hombre amargado, sino que simplemente me gustaba asustar a los gorriones. Tengo espuma en la boca; pero tráiganme ustedes una muñeca, ofrézcanme una taza de té bien azucarado, y verán cómo me calmo; incluso tal vez me enternezca. Verdad es que después me morderé los puños de rabia y que durante algunos meses la vergüenza me quitará el sueño. Sí, así soy yo.

He mentido al decir que fui un funcionario perverso. He mentido por despecho. Yo trataba, simplemente, de distraerme con aquellos peticionarios y aquel oficial, y jamás conseguí llegar a ser realmente malo. Me daba perfecta cuenta de que existían en mí gran número de elementos diversos que se oponían a ello violentamente. Los sentía hormiguear dentro de mi ser, por decirlo así. Sabía que estaban siempre en mi interior y que aspiraban a exteriorizarse, pero yo no los dejaba salir; no, no les permitía evadirse. Me atormentaban hasta la vergüenza, hasta la convulsión. ¡Oh, qué cansado, qué harto estaba de ellos! Pero ¿no les parece, señores, que estoy adoptando ante ustedes una actitud de arrepentimiento por un crimen que no sé cuál es? Estoy seguro de que ustedes imaginan... No obstante, les advierto que me es indiferente que se lo imaginen o no.

No he conseguido nada, ni siquiera ser un malvado; no he conseguido ser guapo, ni perverso; ni un canalla, ni un héroe..., ni siquiera un mísero insecto. Y ahora termino mi existencia en mi rincón, donde trato lamentablemente de consolarme (aunque sin éxito) diciéndome que un hombre inteligente no consigue nunca llegar a ser nada y que sólo el imbécil triunfa. Sí, señores, el hombre del siglo XIX tiene el deber de estar esencialmente despojado de carácter; está moralmente obligado a ello. El hombre de carácter, el hombre de acción, es un ser de espíritu mediocre. Tal es el convencimiento que he adquirido en mis cuarenta años de existencia.

Sí, tengo cuarenta años... Cuarenta años son toda una vida; son... una verdadera vejez. Vivir más de cuarenta años es una inconveniencia, algo inmoral y vil. ¿Quién vive después de cumplir cuarenta años? ¡Respondan sinceramente, honradamente! Voy a decírselo a ustedes: los imbéciles y los bribones. Sí, ésos son los que viven más de cuarenta años. ¡Se lo diré en la cara a todos los viejos, a todos esos respetables viejos de rizos plateados y perfumados! Lo proclamaré ante el universo entero. ¡Tengo derecho a hablar así porque yo viviré hasta los sesenta, hasta los setenta, hasta los ochenta años!... ¡Esperen! ¡Déjenme recobrar el aliento!

Ustedes se imaginan seguramente que mi propósito es hacerles reír. Pues no; se equivocan en esto, como en todo lo demás. No soy en modo alguno tan alegre como sin duda les parezco. Por otra parte, si, irritados por toda esta palabrería (porque ustedes están irritados; lo veo), me pregunta qué soy en fin de cuentas, les responderé: soy un asesor de colegio. Ingresé en la Administración para poder comer (únicamente para eso), y el año pasado, cuando un pariente lejano me legó seis mil rublos, dimití al punto y me enterré en mi rincón. Hacía ya mucho tiempo que estaba aquí, pero ahora me he instalado definitivamente. La habitación que ocupo está en los confines de la ciudad y es fea, destartalada. Mi criada es una vieja campesina, malvada por falta de inteligencia. Además, huele mal. Me dicen que el clima de Petersburgo me perjudica, que la vida aquí es muy cara, e ínfimos los recursos de que dispongo. Lo sé; lo sé mucho mejor que todos esos sabios donadores de consejos. Pero me quedo en Petersburgo. No me iré de Petersburgo porque... Bueno, ¿qué importa que me marche o no?

Sin embargo ¿de qué puede hablar un hombre honrado con más placer?

Respuesta: de sí mismo. ¡Por lo tanto, voy a hablarles de mí mismo!

II

Ahora voy a contarles, señores (quieran ustedes o no), por qué ni siquiera he conseguido llegar a ser un insecto. Lo declaro ante ustedes solemnemente: muchas veces he intentado convertirme en un insecto, pero no se me ha juzgado digno de ello.

Una conciencia demasiado clarividente es (se lo aseguro a ustedes) una enfermedad, una verdadera enfermedad. Una conciencia ordinaria nos bastaría y sobraría para nuestra vida común; sí, una conciencia ordinaria, es decir, una porción igual a la mitad, a la cuarta parte de la conciencia que posee el hombre cultivado de nuestro siglo XIX y que, para desgracia suya, reside en Petersburgo, la más abstracta, la más «premeditada» de las ciudades existentes en la Tierra (pues hay ciudades «premeditadas» y ciudades que no lo son). Se tendría, por ejemplo, más que de sobra con esa cantidad de conciencia que poseen los hombres llamados sinceros, espontáneos y también hombres de acción.

Ustedes se imaginan (apostaría cualquier cosa) que escribo todo esto por darme importancia, por burlarme de los hombres de acción, por darme tono a la manera del fatuo que arrastraba el sable y del que les he hablado hace un momento, pero eso sería de muy mal gusto. Pues ¿quién puede pensar, señores, en vanagloriarse de sus enfermedades y utilizarlas como pretexto para darse tono?

Pero ¿qué digo? Todo el mundo obra así. Precisamente de sus enfermedades extraen la gloria. Y eso hago yo, probablemente aún más que nadie... En fin, no hablemos más del asunto: mi objeción es estúpida.

Sin embargo (estoy firmemente convencido de ello), la conciencia, toda conciencia es una enfermedad. Lo mantengo. Pero dejemos esto por ahora. Respóndanme a esto: ¿cómo es que siempre, en el preciso instante -como hecho adrede- que me sentía más capaz de apreciar todos los matices de lo bello, de lo sublime, como se decía en nuestra patria hace poco, se me ocurría no sólo pensar, sino hacer cosas tan inconvenientes? Eran actos que todos realizan con oportunidad, pero que yo cometía precisamente cuando me daba perfecta cuenta de que había que abstenerse de ejecutarlos. Cuanto más clara conciencia tenía del bien y de todas las cosas «bellas y sublimes», tanto más me hundía en mi cieno y tanto más capaz me sentía de sepultarme en él definitivamente. Pero lo más notable es que este desacuerdo no parecía un hecho fortuito, dependiente de las circunstancias, sino algo que ocurría del modo más natural. Se diría que éste era mi estado normal, y en modo alguno una enfermedad o un vicio; tanto, que finalmente perdí todo deseo de luchar. En resumen, que casi admito (y tal vez sin «casi») que aquél era el estado normal de mi espíritu. Pero, al principio, ¡cuánto sufrí en esta lucha! No creía que los demás pudiesen estar en el mismo caso, y a lo largo de toda mi vida he mantenido en secreto este rasgo de mi carácter. Me avergonzaba de él (es posible que me avergüence todavía). Tan lejos iba en esto, que experimentaba una especie de placer secreto, vil, anormal, al volver a mi casa, a mi agujero, en una de las turbias e ingratas noches petersburguesas, y decirme que otra vez había cometido una villanía aquel día y que sería imposible repararla. Entonces me roía interiormente. Me roía, me desgarraba a dentelladas, bebía largamente mi amargura, me saciaba de ella de tal modo, que al fin experimentaba una especie de debilidad vergonzosa, maldita, en la que saboreaba una verdadera voluptuosidad. ¡Sí, lo repito: una verdadera voluptuosidad! He sacado a relucir esta cuestión porque deseo saber si otros conocen semejantes voluptuosidades. Me explicaré. La voluptuosidad procedía, en este caso, de que me daba clara cuenta de mi humillación, la cual procedía del convencimiento de haber llegado al límite. «Tu situación es abominable -me decía a mí mismo-, pero no puede ser otra; no tienes ninguna salida; no podrás cambiar nunca, porque, aunque tuvieras el tiempo y la fe necesarios para ello, no querrías convertirte en otro hombre. Por otra parte, aunque quisieras cambiar, no podrías. ¿En qué otra cosa te transformarías? ¡Quizá no hay ninguna!»

Pero lo esencial- y esto pone fin a la cuestión- es que todo se realiza de acuerdo con las leyes fundamentales y normales de la conciencia refinada, y mana de ella directamente, tanto, que es por completo imposible no sólo cambiar, sino, generalmente, reaccionar de algún modo. La conciencia refinada nos dice, por ejemplo: «Tienes razón, eres un canalla». Pero el hecho de que yo pueda comprobar mi propia condición canallesca no me consuela lo más mínimo de ser un canalla. ¡En fin, basta ya! ¡Cuántas palabras, Dios mío! Pero ¿qué he explicado? ¿De dónde proviene esa voluptuosidad? Sin embargo, me interesa explicarlo todo. Iré hasta el fin. Para eso he tomado la pluma... Empezaré por decir que tengo un amor propio tremendo, que soy tan desconfiado y susceptible como un jorobado, como un enano. Pero, verdaderamente, ha habido momentos en mi existencia en los que, si me hubiesen dado una bofetada, me habría sentido quizá muy dichoso. Hablo en serio; habría podido encontrar en ello cierto placer..., el placer de la desesperación, desde luego. Pues la desesperación oculta la voluptuosidad más ardiente, sobre todo cuando la situación aparece sin salida. Sin embargo, en el caso de la bofetada, ¡qué sensación de aplastamiento se experimenta!

Pero lo principal es que siempre resulta que soy yo el culpable, sea cual fuere el lado desde el que examinen las cosas, y es más: culpable sin serlo, por lo menos, de acuerdo con las leyes de la naturaleza. Soy culpable, ante todo, porque soy más inteligente que cuantos me rodean (siempre me he considerado más inteligente que las personas que me rodeaban, e incluso -¡fíjense ustedes!- mi sensación de superioridad me confunde hasta el punto de que miro a la gente de reojo, por no poder mirarla cara a cara). Soy culpable, además, porque, aún cuando me hubiese sentido generoso, el convencimiento de que esto era inútil sólo habría servido para atormentarme más. Desde luego, no habría adelantado nada. No habría podido perdonar, porque el agresor me habría golpeado seguramente, de acuerdo con las leyes de la naturaleza, las cuales no se preocupan por nuestro perdón. Además, me habría sido imposible olvidar, porque el insulto, por natural que sea, siempre es un insulto. En fin, si renunciaba a ser generoso y pretendía, por el contrario, vengarme del agresor, no podía cumplir este propósito, porque me era imposible decidirme a obrar, aún teniendo la facultad de hacerlo.

Pero ¿por qué? Sobre esto quisiera decirles a ustedes unas palabras.

¿Cómo ocurren las cosas en los que son capaces de defenderse y algunos incluso de vengarse?

Cuando el deseo de venganza se apodera de ellos, no hay espacio en su espíritu más que para ese deseo. Se lanzan hacia delante en línea recta, baja la cabeza, como toros furiosos, y sólo se detienen cuando llegan ante un muro. Por cierto, que, ante un muro, estos señores, estos seres sencillos y espontáneos, los hombres de acción, se desmoronan y ceden con toda sinceridad. Para ellos, este muro no significa en modo alguno lo mismo que para nosotros, que pensamos y, por consiguiente, no obramos; es decir, no es excusa. No, para ellos no es en modo alguno un pretexto que les permite desandar lo andado, pretexto en el que nosotros no solemos creer pero del que nos aprovechamos gustosos. No, ellos ceden de buen grado. El muro es a sus ojos un tranquilizante; les ofrece una solución moral definitiva, e incluso me atrevería a llamarla mística. Pero ya volveremos a hablar de este muro.

Pues bien, precisamente es este hombre sencillo y espontáneo el que considero normal por excelencia, el hombre en que soñaba nuestra tierna madre naturaleza cuando nos puso amablemente sobre la tierra. Envidio a ese hombre. No niego que es tonto. Pero ¿qué saben ustedes de esto? Es posible que el hombre normal haya de ser tonto. Incluso es posible que sea hermoso. Y esta suposición me parece más justificada si observamos la antítesis del hombre normal, es decir, al hombre de conciencia refinada, al hombre salido no del seno de la naturaleza, sino de un alambique (esto es casi misticismo, señores, pero me siento inclinado hacia esta sospecha). Entonces vemos que este hombre alambicado se esfuma a veces ante su antítesis, hasta tal punto y cede tanto, que, a pesar de todo el refinamiento de su conciencia, llega a considerarse no más que como un ratoncito. Es quizás un ratoncito de extremada clarividencia, pero no por eso deja de ser un ratón y no un hombre, mientras que el otro es en verdad un hombre. En fin, lo peor es que él mismo se considera un ratón, ¡él mismo! Nadie pide que lo confiese. Es un detalle muy importante. Veamos, pues, a este ratoncito en acción. También él se siente ofendido (esta sensación es casi continua) y pretende vengarse. Es posible que se acumule en él más rabia aún que en l'homme de la nature et de la vérité. El deseo cobarde y mezquino de devolver mal por mal a quien le insulta lo corroe, tal vez incluso más violentamente que a l'homme de la nature et de la vérité, porque éste, en su estupidez natural, considera su venganza como una acción perfectamente justa y, en cambio, el ratoncito no puede admitir la justicia de tal acto a causa de su superior clarividencia. Pero llegamos al fin al acto mismo, a la venganza. Además de la villanía inicial, el desgraciado ratón ha amasado en torno de él, en forma de dudas y vacilaciones, tantas nuevas villanías, ha añadido a la primera pregunta tantas otras sin respuesta posible, que, haga lo que haga, crea alrededor de su persona un fatídico lodazal, un pantano pestilente y cenagoso, formado por sus vacilaciones, sus sospechas, su inquietud y todos los salivazos que le arrojan los hombres de acción que le rodean, le juzgan, le aconsejan y se ríen de él a mandíbula batiente.

Entonces, naturalmente, lo único que puede hacer es abandonarlo todo, aparentando desprecio, y desaparecer vergonzosamente en su agujero. Y allí, en un sucio y pestilente subterráneo, el insultado, apaleado y escarnecido ratón se zambulle lentamente en su rabia fría, envenenada y, sobre todo, inextinguible.

Durante cuarenta años recordará la afrenta recibida, con sus detalles más humillantes, a los que irá añadiendo otros más vergonzosos aún, excitándose perversamente, atizando el fuego de su imaginación. Se sentirá avergonzado, pero evocará todos los detalles, pasará revista a todas las circunstancias, inventará otras con el pretexto de que habría podido producirse, y no perdonará nada.

Incluso es posible que trate de vengarse, pero a hurtadillas, en pequeñas dosis, de incógnito, sin ninguna confianza ni en su derecho ni en el éxito de su propósito y dándose clara cuenta de que sus tentativas de venganza le harán sufrir a él mucho más que a aquel contra el que van dirigidas y que probablemente ni siquiera se enterará. En su lecho de muerte lo recordará todo de nuevo, añadiendo los intereses devengados, y entonces... Pero precisamente esta mezcla abominable y helada da esperanza y desesperación, precisamente este enterramiento voluntario, esta existencia de emparedado viviente, esta ausencia (claramente percibida, pero siempre dudosa) de toda solución, este cúmulo de deseos insatisfechos que no han hallado salida, de decisiones febriles tomadas para siempre pero seguidas inmediatamente por los remordimientos; todo esto es lo que detalla precisamente esta voluptuosidad extraña a la que me he referido antes. Esto es algo tan sutil generalmente, tan difícil de captar, que la gente mediocre -e incluso, simplemente, aquellos que poseen unos nervios bien templados- no comprende ni jota. «Tampoco comprenderán nada de eso -me dirán ustedes tal vez, burlonamente-, los que nunca hayan sido abofeteados.» Así, ustedes me darán a entender cortésmente que he recibido una bofetada y que hablo con conocimiento de causa. Apuesto lo que quieran a que lo han pensado. Pero tranquilícense, señores, no he sido abofeteado, y, por lo demás, lo que puedan ustedes pensar respecto a este asunto me tiene completamente sin cuidado. Tal vez soy yo quien lamenta haber repartido pocas bofetadas durante mi vida. Pero ¡basta! ¡Ni una palabra más sobre este tema, por mucho que les interese!

Continúo, pues, hablando con toda calma de las personas de nervios bien templados que no saborean ciertas sutiles voluptuosidades. Aunque estos señores mujan como toros en algunos casos y se enorgullezcan de ello, se desmoronan, como ya he dicho, ante lo imposible: ante la muralla de piedra. Pero ¿qué muralla es ésa? Evidentemente, son las leyes naturales, los resultados de las ciencias exactas, de las matemáticas. Si les demuestran a ustedes, por ejemplo, que descienden del mono, será inútil que tuerzan el gesto: tendrán que aceptarlo. Si les prueban que una sola gota de su propia grasa debe ser más estimable para ustedes que cien mil del prójimo y que a eso van a parar todas las virtudes, todas las obligaciones y otras fantasías y prejuicios, no tendrán más remedio que admitirlo, porque dos y dos son cuatro. Esto pertenece al dominio de las matemáticas, y no hay discusión posible.

«¡Perdone! -gritará alguien-. Usted no puede protestar: dos y dos son cuatro. A la naturaleza no le preocupan las pretensiones de usted; no le preocupan sus deseos; no le importa que sus leyes no le convengan a usted. Está usted obligado a aceptarla tal como es y a aceptar todo lo que procede de ella. El muro es un muro...», etcétera. Pero ¿qué importan, Dios mío, las leyes de la naturaleza y la aritmética si, por una razón u otra, esas leyes y ese «dos y dos son cuatro» no me complacen? Evidentemente, no podré romper ese muro con la cabeza, ya que mis fuerzas no bastan para ello; pero me niego a humillarme ante ese obstáculo por la única razón de que sea un muro de piedra y yo no tenga fuerzas para calvario.

¡Como si ese muro pudiera procurarme alguna paz! ¡Como si uno pudiera reconciliarse con lo imposible por la sola razón de que se funda sobre el «dos y dos son cuatro»! ¡Es el mayor absurdo que puede concebirse! ¡Cuánto más penoso es comprenderlo todo, tener conciencia de todas las imposibilidades, de todos los muros de piedra, y no humillamos ante ninguna de esas imposibilidades, ante ninguna de esas murallas si ello nos repugna! ¡Cuánto más penoso es llegar, siguiendo las deducciones lógicas más ineludibles, a la posición más desesperante respecto a ese tema eterno de nuestra parte de responsabilidad en la muralla de piedra (aunque está claro hasta la evidencia que no tenemos nada que ver con eso), y, en consecuencia, sumergimos, en silencio pero rechinando los dientes con voluptuosidad, en la inercia, sin dejar de pensar que ni siquiera podemos rebelarnos contra nadie, porque, en suma, no tenemos enfrente a nadie! ¡Y nunca lo tendremos, porque todo es una farsa, un engaño, un galimatías! No sabemos «qué» ni «quién», pero, a pesar de todos esos engaños y de toda nuestra ignorancia, sufrimos, y tanto más cuanto menos comprendemos.

IV

«¡Ja, ja, ja! ¡Si es así, llegará usted a descubrir cierta voluptuosidad en el dolor de muelas!», exclamarán ustedes.

Y yo les responderé que sí, que hay cierta voluptuosidad en el dolor de muelas. Yo he sufrido ese dolor durante todo un mes, y sé lo que me digo. En estos casos no nos enfurecemos en silencio: gemimos. Pero estos gemidos carecen de franqueza: hay en ellos cierta malignidad. Y ahí está precisamente el quid de la cuestión. Esos gemidos expresan la voluptuosidad del que sufre: si el enfermo no experimentara cierto placer al quejarse, dejaría de hacerlo. Es un excelente ejemplo, señores, y lo voy a desarrollar.

Estos gemidos expresan, en primer lugar, la conciencia humillante de la inutilidad del sufrimiento, su legalidad desde el punto de vista de la naturaleza, sobre la cual usted escupe, pero que le hace sufrir, mientras ella permanece impasible. Expresan también que usted comprende que el enemigo no existe pero no por eso deja de existir el dolor y que, teniendo tantos Wagenheim como tiene, es usted esclavo de sus muelas. Si a alguno de esos Wagenheim le da por ahí, sus muelas dejarán de atormentarle; pero si su propósito es otro, su dentadura le hará sufrir todavía tres meses más. Y si se niega usted a inclinarse, si protesta, no hallará otro medio para consolarse que darse de bofetadas o romperse los puños contra el muro de piedra. Pues bien, son precisamente estas crueles ofensas, estas burlas que se permite no se sabe quién, las que suscitan esa sensación de placer, que llega a veces a la voluptuosidad suprema. Les ruego, señores, que presten atención a los lamentos de un hombre cultivado del siglo XIX que tiene dolor de muelas desde hace dos o tres días. Entonces gime de modo distinto que el primer día, no sólo porque le duele, no como un grosero campesino, sino como una persona instruida, impregnada de la civilización europea, como un hombre «desligado del suelo natal y de los principios nacionales», como se dice hoy. Estos gemidos son malévolos, furiosos y no cesan de día ni de noche. Sin embargo, la víctima comprende perfectamente que no le sirven para nada. Sabe mejor que nadie que irrita y tortura a quienes le rodean y que se tortura a sí mismo sin provecho alguno. Sabe que el público y la familia ante la cual se lamenta escuchan con desagrado sus quejas, en las que no creen, y comprenden que podría gemir de otro modo, más sencillamente, sin afectación, sin esos gorgoritos y esas exageraciones provocadas por la maldad... Y es que justamente en esa humillación a la que acompaña la clarividencia radica la voluptuosidad. «¿De modo que os molesto, que os desgarro el corazón, que impido dormir a toda la casa? ¡Mejor, no durmáis! ¡Así os daréis cuenta de que me duelen las muelas! ¡Ya no soy para vosotros el héroe que pretendía ser! ¡Ahora soy un malvado, un bribón! ¡Mejor! ¡Incluso me siento feliz al ver que al fin me habéis desenmascarado! ¿Os mortifica oír mis gemidos? ¡Peor para vosotros! ¡Voy a lanzar un gorgorito más afiligranado todavía!»

¿Continúan ustedes sin comprender, señores? No me extraña; para poder captar todos los matices de esta voluptuosidad sensual es preciso poseer una profundidad mental extraordinaria. ¿Se ríen? ¡Me alegro! Mis bromas, señores, son evidentemente de muy mal gusto. Además, son confusas y suenan a falso. La causa de todo esto es que no siento la propia estimación. Pero ¿acaso el que se conoce puede estimarse aunque sólo sea un poco?

V

¿Puede sentir verdaderamente algún respeto por sí mismo el que se ha dedicado a descubrir cierta voluptuosidad en el convencimiento de su propia humillación? No habla en modo alguno inspirado por un remordimiento pueril. Detesto decir: «¡Perdóname, papá; no lo volveré a hacer!». No porque sea incapaz de pronunciar estas palabras, sino quizá por todo lo contrario: porque soy demasiado capaz de pronunciarlas.

Y, como si lo hiciese adrede, me precipitaba hacia delante precisamente cuando no tenía nada en absoluto que ver con el asunto. Esto era lo más repugnante. Y entonces me enternecía, me lo confesaba todo, lloraba y, al fin, me engañaba a mí mismo, aunque sin intención, pues era mi corazón el que me hacía estas jugarretas.

En estos casos, ni siquiera podía echar la culpa a la naturaleza, a esas leyes que me han hecho sufrir tantas vejaciones en el curso de mi existencia. Es penoso acordarse de estas cosas, que, además, eran sumamente penosas en el momento en que ocurrían. Pero basta que transcurra un minuto para que me enfurezca al advertir que todo esto es mentira, una mentira innoble, una comedia infame. ¡Esa contrición, ese enternecimiento, esos propósitos de vida nueva!... Ustedes me preguntarán por qué me torturaba, por qué me retorcía tan cruelmente. Respuesta: porque me aburría permaneciendo con los brazos cruzados. He aquí por qué me entregaba a semejantes contorsiones. Era esto, se lo aseguro a ustedes. Obsérvense a sí mismos con atención, y comprobarán que las cosas ocurren precisamente así. Yo me imaginaba aventuras y me creaba una existencia fantástica para vivir fuera como fuese. ¡Cuántas veces, por ejemplo, me he enojado sin motivo, sólo por enojarme! Yo era el primero en saber que me irritaba en frío, pero que me iba enardeciendo, y llegaba a encolerizarme sinceramente.

Siempre me han gustado estas cosas. Tanto, que acabé por perder el dominio de mí mismo. Una vez, incluso dos, traté a toda costa de enamorarme. Y hasta llegué a sufrir, palabra. Uno, en el fondo, no cree en su sufrimiento, casi se ríe, pero, a pesar de todo, sufre, y muy de veras. Está celoso, está fuera de sí... Y la causa de todo esto, señores, es el aburrimiento: la inercia nos aplasta. El fruto legal, el fruto natural de la conciencia es, en efecto, la inercia: nos cruzamos de brazos conscientemente. Ya he hablado de esto. Ahora lo repito, lo repito una vez más: todos los hombres activos, son activos porque son obtusos y mediocres.

¿Cómo se explica esto? He aquí la explicación: debido a su estrechez de espíritu, toman las causas secundarias, inmediatas, por las principales; y mucho más fácilmente, mucho más rápidamente que los no obtusos, se imaginan haber encontrado las razones sólidas, fundamentales, de su actividad. Y así se tranquilizan, que es lo principal. Pues para poder obrar hay que conseguir de antemano una perfecta tranquilidad y no tener el menor resto de duda. Pero ¿cómo puedo conseguir yo esta tranquilidad de espíritu? ¿Dónde puedo hallar los principios fundamentales sobre los que levantar mi edificio? ¿Dónde está mi base, adónde puedo ir a buscarla?

Me entrego al pensamiento. Dicho de otro modo, en mí, toda idea provoca inmediatamente otra, y así continúa sucediendo hasta el infinito. Tal es la esencia de todo pensamiento, de toda conciencia. Nos volvemos, pues, a encontrar ante las leyes de la naturaleza. ¿Con qué resultado? ¡Éste es siempre el mismo, recuérdenlo! Les he hablado hace poco de la venganza (y estoy seguro de que ustedes no han llegado al fondo de la cuestión). Dicen que el hombre se venga porque considera que esto es justo. Éste ha encontrado, pues, el principio fundamental que buscaba: la justicia. Está, por lo tanto, completamente tranquilo y se venga con gran serenidad y pleno éxito, persuadido como está de que realiza una acción justa y honrada, pero yo no veo en la venganza nada justo ni bueno; en consecuencia, si trato de vengarme es por pura maldad. Evidentemente, la cólera podría vencer todas las vacilaciones y, por lo tanto, desempeñar con éxito el papel de esta razón fundamental, precisamente porque no puede ser considerada como tal razón. Pero ¿qué le vamos a hacer, si no soy lo suficientemente malvado? (Ya lo vengo diciendo desde el principio.)

Mi cólera está sometida a una especie de descomposición química, en virtud precisamente de esas malditas leyes de conciencia. Apenas distingo el objeto de mi odio, he aquí que éste se desvanece, los motivos se disipan, el responsable se volatiliza, el insulto deja de ser insulto y se presenta como obra del destino, como algo semejante a un dolor de muelas, al que todo el mundo está expuesto y entonces mi único consuelo es romperme los puños contra la pared. En la imposibilidad de encontrar las causas primeras, renuncio, pues, a mi venganza con un desdén afectado. ¡Ah, si tratase uno de abandonarse a sus sentimientos, ciegamente, sin reflexión alguna, sin buscar ninguna razón, alejando de sí toda conciencia, aunque no fuera más que por algún tiempo!... ¡Entonces la cosa sería muy distinta! ¡Maldice o adora, pero no estés con los brazos cruzados! Desde el día siguiente te despreciarás por haberte engañado a ti mismo a sabiendas. Resultado final: pompas de jabón, inercia...

¡Ah, señores!, es posible que me considere inteligente en extremo por la única razón de que en mi vida no he logrado empezar ni acabar nada. No soy, pues, más que un charlatán, un inofensivo charlatán, un pesado como todos nosotros. Pero ¿qué le voy a hacer, señores, si el destino del hombre inteligente es charlar, es decir, verter agua en un tamiz?

VI

¡Ah, si sólo hubiese sido un perezoso! ¡Cómo me habría respetado a mí mismo! Me habría respetado porque me habría visto capaz, por lo menos, de tener pereza, porque habría poseído una cualidad definida y la seguridad de poseerla. Pregunta: ¿quién eres? Respuesta: ¡un perezoso! Habría sido verdaderamente agradable oírse llamar así. Quedas definido claramente: hay, pues, algo que decir de tu persona... «¡Oh perezoso!» ¡Es un título, una función, una carrera, señores! No se rían; es así. Entonces yo habría sido por derecho propio miembro del primer club del universo y habría pasado la vida respetándome. Conocí a un señor que se sentía orgulloso de llamarse Laffitte. Consideraba esta particularidad como una gran virtud, y no dudó nunca de sí mismo. Murió con la conciencia no sólo tranquila, sino triunfante, y tenía motivos para ello. Si yo hubiese sido un perezoso, me habría elegido una carrera: habría sido perezoso y gastrónomo; no un glotón vulgar, sino un regalón que se interesaría por «todo lo bello y sublime». ¿Qué les parece a ustedes? Hace ya mucho tiempo que pienso en esto. «¡Lo bello y lo sublime» gravitan pesadamente sobre mi nuca desde que tengo cuarenta años! Pero ¿qué habría ocurrido antes? ¡Antes habría sido todo distinto! Habría encontrado en seguida una actividad adaptada a mi carácter; por ejemplo, beber a la salud de todas las cosas «bellas y sublimes». Habría aprovechado todas las ocasiones de beber por «lo bello y lo sublime» después de haber dejado caer alguna lágrima en mi copa. Habría convertido todas las cosas en «bellas y sublimes »; habría descubierto «lo bello y lo sublime» incluso en las basuras más evidentes; habría vertido lágrimas a raudales como el líquido que sale de una esponja. Un pintor, por ejemplo, pinta un cuadro digno de Ghé, e inmediatamente bebo a la salud del artista, porque adoro todo lo que es «bello y sublime». Un poeta escribe ¡Cómo gusta a todos!, y bebo al punto a la salud de todos, porque adoro «lo bello y lo sublime». Esto me procurará el respeto general. Exigiré ese respeto; perseguiré con mi cólera al que me lo niegue. Así, habría vivido apaciblemente y muerto solemnemente. ¿No es admirable? ¿No es exquisito? y habría dejado que se me desarrollara un vientre tan opulento, una nariz tan grasienta y un mentón tan redondeado, que el mundo habría exclamado al verme: «¡He ahí un hombre verdadero, un ser positivo!». Digan ustedes lo que digan, es muy agradable oírse llamar cosas semejantes en nuestro siglo tan esencialmente negativo.

VII

¡Pero esto no es más que un sueño dorado! Díganme: ¿quién fue el primero que dijo, que proclamó que el hombre comete villanías sólo porque no sabe ver cuáles son sus propios intereses, y que si lo ilustrasen, si le abriesen los ojos ante sus verdaderos intereses, ante sus intereses normales, dejaría inmediatamente de cometer villanías y se convertiría acto seguido en un hombre bueno y honrado, puesto que, ilustrado por la ciencia y comprendiendo sus verdaderos intereses, obtendría las ventajas que el bien proporciona? Como se sobrentiende que nadie puede obrar a sabiendas contra su propio interés, el hombre se vería obligado, por decirlo así, a hacer el bien. ¡Como un niño! ¡Como un niño puro e ingenuo!

Pero ¿acaso el hombre, en el curso de sus miles de años de vida en la Tierra, ha obrado siempre al dictado de su interés? ¿Qué haremos entonces de esos millones de hechos que atestiguan que los hombres, aún advirtiendo cuál es su interés, lo relegan a un segundo plano y siguen un camino completamente distinto, lleno de riesgos y azares? No están obligados a ello, pero parecen querer evitar la ruta que se les indica y trazarse libremente, caprichosamente, otra llena de dificultades, absurda, oscura, apenas visible. Ello prueba que esa libertad les seduce más que sus propios intereses... ¡Intereses! ¿Qué es el interés? ¿Se comprometen ustedes a definirme con toda exactitud en qué consiste el interés del hombre? ¿Qué dirán ustedes si un buen día se comprueba que el interés humano en ciertos casos puede, o incluso debe, consistir en desear no una ventaja, sino un perjuicio? Si es así, si puede presentarse el caso, todo se derrumba. ¿Qué creen ustedes? ¿Se puede presentar un caso semejante?

¿Se ríen ustedes? ¡Ríanse, señores, pero respondan! ¿Están exactamente clasificados los intereses humanos? ¿No hay algunos que no figuran ni pueden figurar en las clasificaciones formadas por ustedes? Porque, que yo sepa, señores, ustedes han catalogado los intereses humanos de acuerdo con las cifras medias de las estadísticas y de las fórmulas económico-científicas. Los intereses humanos son, pues, según ustedes, la riqueza, la tranquilidad, la libertad, etcétera. Tanto, que el hombre que rechace a sabiendas y ostensiblemente ese catálogo debe ser considerado, en opinión de ustedes (y en la mía también, por lo demás), como un oscurantista, como un loco. ¿No es así? Pero he aquí algo muy extraño; ¿cómo es posible que esos estadísticos, esos sabios, esos filántropos, dejen siempre a un lado cierto elemento en sus cálculos de los intereses humanos? Ni siquiera lo tienen en cuenta en sus fórmulas, por lo que falsean resultados. Sin embargo, no sería difícil introducir el elemento en cuestión. ¿Por qué no lo hacen? ¿Por qué no lo introducen para completar la lista? La dificultad procede de que dicho elemento es tan particular, que no puede encontrar sitio en ninguna clasificación ni inscribirse en ninguna lista. He aquí un ejemplo. Tengo un amigo... Pero ¡ahora que caigo!, ustedes lo conocen también: es amigo de todo el mundo.

Cuando ese señor se dispone a obrar, empieza por explicarles a ustedes con toda claridad, con bellas y ampulosas frases, cómo ha de conducirse para obedecer a la razón, a la verdad. Es más, hablará con pasión, con entusiasmo, de los intereses reales y normales de la humanidad: se burlará de la ceguera de los tontos que no comprenden ni sus verdaderos intereses ni el verdadero valor de la virtud. Pero un cuarto de hora después, no más, sin razón alguna, por efecto de un impulso interior más poderoso que todas las consideraciones de interés, hará algo ridículo, cometerá alguna tontería, o sea que obrará en contra de todos los preceptos que ha defendido momentos antes, en contra de la razón, de sus intereses..., de todo... Por otra parte, les advierto que mi amigo es una personalidad colectiva; de modo que es imposible condenarlo a él solo. ¡Precisamente a este punto quería llegar, señores! ¿Acaso no hay algo que es para todos nosotros más querido que nuestros más altos intereses? Dicho de otro modo (para no violar la lógica), ¿no existe para nosotros un interés (el que se deja de lado, ese del que acabamos de hablar) más interesante que todos los demás intereses, más alto que todos ellos, un interés por el que el hombre está dispuesto a obrar, si es preciso, en contra de todas las reglas, es decir, en contra de la razón, sacrificando a él su honor, su paz, su felicidad, todas las cosas bellas y convenientes, en una palabra, sólo por obtener una que es más querida para él que todas las demás, una en la que ve su interés supremo? «Sí -me dirán ustedes-, pero eso es también un interés...»

¡Permítanme! Voy a explicarme. No podíamos seguir adelante sin aclarar las cosas. Lo singular de ese interés es que destruye las cosas. Lo singular de ese interés es que destruye todas nuestras clasificaciones y derriba todos los sistemas edificados por los amigos del género humano para la felicidad del hombre. En una palabra, es un estorbo, un obstáculo. Pero antes de decirles a ustedes cuál es ese interés, quiero comprometerme personalmente, y afirmo con toda resolución que esos hermosos sistemas, esas teorías que pretenden explicar a la humanidad en qué consisten sus intereses normales, a fin de que ella decida al punto ser virtuosa y noble para amoldarse a ellos, todo eso es pura palabrería. Creer que la renovación del género humano pueda realizarse dándole a conocer sus verdaderos intereses equivale, en mi opinión, a admitir con Buckle que la civilización aplaca al hombre, el cual va perdiendo poco a poco sus instintos sanguinarios y guerreros. Buckle llega a este resultado lógicamente, a mi entender. Pero el hombre siente tal pasión por los sistemas, por las deducciones abstractas, que está dispuesto a disfrazar la verdad, a cerrar los ojos y a taparse los oídos ante la verdad, sólo por justificar su lógica. Voy a poner un ejemplo convincente. ¡Miren alrededor! La sangre corre a raudales, incluso alegremente, como champán. ¡Observen nuestro siglo XIX, en el que ha vivido Buckle! ¡Miren a Napoleón, al otro, al grande, y al de hoy! ¡Observen a América del Norte y su unión, fundada para toda la vida! ¡Vean, en fin, a esos caricaturescos Schleswig y Holstein! ¿Qué es, entonces, lo que dulcifica en nosotros la civilización? La civilización se limita a aumentar el número de nuestras sensaciones. Gracias a ello, es muy posible que el hombre acabe por descubrir cierta voluptuosidad en el derramamiento de sangre. Es más, ya se ha dado algún caso.

¿Han observado ustedes que los sanguinarios más temibles han sido siempre señores súper civilizados, y que junto a ellos todos los Atilas y todos los Stegnka Rasin harían un triste papel? Que esos señores tengan menos notoriedad se debe a que los vemos con más frecuencia y nos hemos acostumbrado a ellos. Desde luego, la civilización no ha hecho al hombre más sanguinario, pero sí más vil, más cobardemente sanguinario. Tiempo atrás, el hombre se consideraba con derecho a derramar sangre: y, con la conciencia perfectamente tranquila, suprimía a quien se le antojaba. Hoy, aún considerando que el derramamiento de sangre es una mala acción, seguimos matando, e incluso matamos con más frecuencia que antes. ¿Es esto mejor? Decídanlo ustedes mismos. Se dice que Cleopatra (excusen este ejemplo extraído de la historia romana) se divertía clavando agujas en el pecho de sus esclavas y que le producían gran placer los gritos y contorsiones de las víctimas. Me dirán ustedes que esto ocurría en una época un tanto bárbara; que nuestro siglo es bárbaro también, ya que todavía se dan alfilerazos; que el hombre, aunque tenga una comprensión más clara de las cosas que en aquellos atrasados tiempos, no ha podido aún acostumbrarse a seguir las reglas de la razón y de la ciencia. Pero ustedes están convencidos de que se acostumbrará cuando se haya desembarazado completamente de ciertas malas tendencias, cuando el sentido común y la ciencia hayan reeducado completamente la naturaleza humana y la hayan orientado por un camino normal. Ustedes están seguros de que entonces el hombre cesará de errar deliberadamente y se verá, por decirlo así, en la imposibilidad de desear oponerse a sus intereses normales.

Pero hay más aún. Entonces (hablan ustedes) la ciencia hará saber al hombre (aunque, en mi opinión, esto es como un lujo superfluo) que no ha tenido nunca voluntad ni caprichos y que viene a ser, en suma, como una tecla de piano o un pedal de órgano. De modo que obra, no de acuerdo con su voluntad, sino al dictado de las leyes de la naturaleza. Bastará, pues, descubrir estas leyes para que no se pueda considerar al hombre responsable de sus actos, y entonces la vida será para él sumamente fácil. Mediante estas leyes, todas las acciones humanas se podrán calcular tan matemáticamente como los logaritmos, hasta la cien milésima, y se inscribirán en las efemérides, o se harán con ellas libros importantes, del tipo de nuestros diccionarios enciclopédicos, en los que todo estará tan exactamente calculado y previsto, que ya no habrá aventuras... y ni siquiera acciones.

Entonces (siguen hablando ustedes) se establecerán nuevas relaciones económicas, que se fijarán, igualmente, con precisión matemática, tanto, que los problemas desaparecerán inmediatamente, por la sencilla razón de que se habrán descubierto sus soluciones. Entonces se edificará un vasto palacio de cristal. Entonces veremos el Pájaro de Fuego. Entonces... No se puede garantizar (soy yo quien habla ahora) que eso no sea horriblemente aburrido (¿qué puede uno hacer, si todo está calculado y fijado previamente?). En compensación, todos serán sabios. Evidentemente, el aburrimiento puede ser un mal consejero: es el aburrimiento lo que nos mueve a clavar agujas de oro en la carne ajena... Pero esto no tiene importancia. Lo importante, lo grave es (sigo hablando yo) que el hombre pueda sentirse feliz de tener al alcance de la mano agujas de oro. El hombre es necio, necio de remate. Y todavía es más ingrato que necio: es difícil encontrar un ser más ingrato que él. Por eso no me sorprendería lo más mínimo ver erguirse de pronto en medio de esa felicidad un gentleman desprovisto de elegancia, de rostro «retrógrado» y burlón, y que nos dijera, poniéndose en jarras: «¡Bueno, señores! ¿Cuándo vamos a echar abajo, al polvo, de un solo puntapié, toda esta clarividente felicidad, aunque sólo sea para enviar los logaritmos al diablo y poder vivir de nuevo con arreglo a nuestra estúpida fantasía?» Y aún hay algo peor, y es que muy pronto ese personaje tendría, sin duda, discípulos. El hombre es así. Y la causa de todo es una cosa ínfima, que, al parecer, se podría pasar por alto sin riesgo alguno. Esa causa es que el hombre, quienquiera que sea, aspira siempre y en todas partes a obrar de acuerdo con su voluntad y no con arreglo a las prescripciones de la razón y del interés. Ahora bien, la voluntad de uno puede, y a veces incluso debe (esta idea es de mi propiedad), oponerse a sus intereses. Mi voluntad; mi libre albedrío; mi capricho, por insensato que sea; mi fantasía sobreexcitada hasta la demencia... Esto es lo que se aparta a un lado, éste es el precioso interés que no tiene espacio en ninguna de esas clasificaciones que componen ustedes y que rompe en mil pedazos todos los sistemas, todas las teorías.

¿De dónde se han sacado nuestros sabios que el hombre necesita voluntad normal y virtuosa? ¿Por qué suponen que el hombre aspira a poseer una voluntad ventajosa y razonable? El hombre sólo aspira a tener una voluntad independiente, cualesquiera que sean el precio y los resultados. Pero el diablo sabe lo que cuesta esa voluntad...

VIII

«¡Ja, ja, ja! ¡Pero si la voluntad no existe! -me interrumpen ustedes-. La ciencia ha conseguido disecar tan perfectamente al hombre, que ya sabemos que la voluntad y el libre albedrío son solamente...»

¡Permítanme, señores! Yo me disponía a empezar así. Y confieso que incluso he sentido miedo. Iba a exclamar que sólo el diablo sabe de qué depende la voluntad y que esto es quizás una gran suerte. Pero he pensado en la ciencia y me he mordido la lengua. Entonces me han interrumpido ustedes. Ciertamente, si se logra descubrir la fórmula de todos nuestros deseos, de todos nuestros caprichos; es decir, de dónde proceden, cuáles son las leyes de su desarrollo, cómo se reproducen, hacia qué objetivos tienden en tales o cuales casos, etc., es probable que el hombre deje inmediatamente de sentir deseos. ¿He dicho «probable»? ¡No, es seguro! ¿Qué satisfacción puede proporcionarle desear solamente de acuerdo con tablas de cálculos? Pero aún hay más. El hombre descenderá inmediatamente a la categoría de una simple tuerca. Porque ¿qué es un hombre despojado de deseo y voluntad, sino una tuerca, un simple engranaje? ¿Qué opinan ustedes sobre esto? Examinemos las probabilidades: ¿puede ocurrir o no?

«Hum -dicen ustedes-. Nuestros deseos son equivocados con gran frecuencia, porque nosotros nos equivocamos en la valoración de nuestros intereses. Aspiramos a cosas inconvenientes porque nuestra estupidez nos hace creer que pretendemos lo que nos conviene. Peor cuando nos lo hayan explicado todo, cuando todo se haya puesto en orden y fijado previamente (lo que es muy posible, pues es una tontería creer que ciertas leyes de la naturaleza van a ser siempre indescifrables), es evidente que ya no habrá sitio para los deseos. Si nuestra voluntad se enfrenta con nuestra razón, podremos razonar y no desear, ya que a un ser que razona le es imposible desear estupideces, ir conscientemente en contra de la razón, perjudicarse a sabiendas... y como todos los deseos y todos los razonamientos podrán calcularse con anticipación, ya que con toda seguridad se habrán descubierto las leyes de nuestro libre albedrío, será posible (no bromeo) confeccionar una especie de deseos y desear ateniéndonos a ella. Supongamos que me prueban un día que si he mostrado el puño a alguien es porque no podía obrar de otra manera, porque tenía que apretar el puño como lo he hecho. ¿De qué libertad dispongo entonces, sobre todo si soy un sabio diplomado? Por consiguiente, me será posible calcular mi existencia con treinta años de anticipación. En una palabra, si tal cosa sucede, tendremos que limitamos a comprender. Y habremos de repetimos sin descanso que en esos momentos la naturaleza no se preocupa en absoluto por nosotros y que, por lo tanto, hemos de aceptarla como es y no como la vemos cuando la adorna nuestra fantasía, y que hay que aceptar el alambique, pues, de lo contrario, el alambique seguirá funcionando sin nuestra aprobación.»

Y aquí es, precisamente, donde aparece para mí la dificultad... Pero excúsenme por estas filosofías. No olviden que tengo cuarenta años de subsuelo. Permítanme que dé rienda suelta a mi fantasía. Desde luego, señores, la razón es una cosa excelente: de esto no hay duda. Pero la razón es la razón, y sólo satisface a la facultad razonadora del hombre. En cambio, el deseo es la expresión de la totalidad de la vida humana, sin excluir de ella la razón ni los escrúpulos; y aunque la vida, tal como ella se manifiesta, suela tener un aspecto desagradable, no por eso deja de ser la vida y no la extracción de una raíz cuadrada.

Yo deseo vivir dando satisfacción a todas mis facultades vitales y no únicamente a mi facultad de razonar, que no representa, en suma, sino la vigésima parte de las fuerzas que hay en mí. ¿Qué sabe la razón? Únicamente lo que ha aprendido (nunca sabrá más, seguramente. Esto no es un consuelo, pero no hay que disimularlo). En cambio, la naturaleza humana obra con todo su peso, por decirlo así, con todo su contenido, a veces con plena conciencia y a veces inconscientemente. Comete algunas pifias pero vive. Sospecho, señores, que ustedes me miran con cierto desdén: me repiten que a un hombre culto, al hombre del porvenir, en una palabra, le es imposible desear deliberadamente lo que es contrario a sus intereses. Esto es tan claro como las matemáticas. Estoy completamente de acuerdo: tiene una claridad y una exactitud matemáticas. Pero les repito por centésima vez que existe una excepción, que hay hombres que pueden desear lo que saben que es desfavorable para ellos, lo que les parece estúpido, insensato; hombres que obran así sólo por eludir la obligación de escoger lo provechoso, lo digno. Porque esa insensatez, ese capricho, es quizá, señores, lo más ventajoso que existe para nosotros en la tierra, sobre todo en ciertos casos. Incluso es posible que esta ventaja sea superior a todas las demás aunque sea evidente que nos perjudica y contradice las conclusiones más sanas de nuestro razonamiento. Y es que nos conserva lo principal, lo que más queremos: nuestra personalidad. Algunos afirman que esto es precisamente lo más preciado que tenemos. La voluntad puede querer a veces ponerse de acuerdo con la razón, sobre todo si no se abusa de este acuerdo, si se aprovecha moderadamente. Pero con gran frecuencia, incluso casi siempre, la voluntad se niega obstinadamente a ponerse de acuerdo con la razón, y entonces... entonces... Pero ¿saben ustedes que también esto es muy útil y digno de aprobación?

Admito, señores, que el hombre no es un ser irracional. En verdad, puede no serlo, pues, si lo fuera, ¿quién podría representar la inteligencia? Pero, aún no siendo irracional, es monstruosamente ingrato, extraordinariamente ingrato. Yo incluso creo que es la mejor definición que se puede dar del hombre: «ser bípedo e ingrato». Esto no es todo; éste no es su principal defecto. Su peor defecto es su mal carácter, defecto que ha exhibido constantemente desde el diluvio universal hasta el período schleswig-holsteiniano de nuestra historia. Mal carácter y en consecuencia, conducta irrazonable, pues sabido es que ésta procede de aquél. Compruébenlo. Lancen una mirada a la historia de la humanidad. ¿Qué ven ustedes? ¿Dicen que es grandiosa? Sí, es posible. El coloso de Rodas por sí solo representa ya algo. No en vano el señor Anajevski nos informa de que, según unos, este coloso fue obra de los hombres, mientras otros afirman que fue producto de las fuerzas naturales. A lo mejor, los ha impresionado a ustedes la variedad. Pues la variedad no falta en la historia. Para convencerse de ello basta echar una ojeada a los uniformes de gala, civiles y militares, y si se añade a éstos los de media gala, uno se pierde en un mar de uniformes. Ni siquiera un historiador resistiría la prueba. ¿Que la historia peca de monotonía? Cierto. Todo son combates. Se combate hoy, se combatió ayer y se combatirá mañana. ¡Es incluso demasiado monótono!

En resumen, que todo se puede decir de la historia universal, todo lo que acuda a cualquier imaginación, incluso a la más insensata. Pero es imposible decir que es razonable; lo advertiréis desde la primera sílaba. Además, he aquí lo que sucede constantemente: surgen hombres razonables y de costumbres juiciosas, filántropos cuyo objetivo es llevar una existencia razonable y honrada, a fin de predicar con el ejemplo y demostrar a sus semejantes que se puede vivir juiciosamente. Pero ¿qué ocurre? Que muchos de estos amantes de la moderación terminan más tarde o más temprano, por hacer traición a sus ideas y comprometerse en actos escandalosos.

Siendo así, díganme ustedes qué se puede esperar del hombre, de ese ser dotado de cualidades tan extrañas. Prueben a volcar sobre él todos los bienes de la Tierra; sumérjanlo en la felicidad tan profundamente que sólo se perciban en la superficie algunas burbujas; satisfagan sus necesidades económicas hasta el punto de que sus únicas ocupaciones sean dormir, comer pan de especias y pensar en el modo de prolongar la historia universal...; hagan todo esto, y verán como el hombre, por pura ingratitud, por necesidad de envilecerse, les corresponde cometiendo alguna villanía. Incluso correrá el riesgo de perder sus panes de especias y volverá a caer en las necedades más peligrosas, en los absurdos menos ventajosos, sólo por mezclar a esa sensatez positiva un elemento fantástico, pernicioso. Precisamente sus sueños más fantásticos y sus más vulgares tonterías es lo que pretenderá conservar, sólo para demostrarse a sí mismo (como si esto fuera necesario) que los hombres son hombres y no teclas de piano, aunque en verdad lo son para las leyes de la naturaleza, que las tocan, y con tal brío, que pronto no será posible desear nada sin antes consultar el calendario. Además, incluso si se comprobara que el hombre no es más que una tecla de piano y se le demostrase matemáticamente, el hombre no sentaría la cabeza: seguiría haciendo disparates, solamente para evidenciar su ingratitud y su conducta caprichosa y si los demás medios le fallan, se sumergirá en la destrucción, en el caos. Será capaz de provocar cualquier desastre únicamente para hacer lo que se le antoje. Lanzará maldiciones contra el mundo, y como sólo el hombre puede maldecir (éste es el privilegio que más claramente lo distingue de los demás animales), conseguirá sus fines, que son convencerse de que es un hombre y no una tuerca.

Si me dicen ustedes que el caos, las tinieblas y las maldiciones pueden estar también calculados de antemano y tan exactamente que este cálculo paralizará el impulso del hombre, y, por lo tanto, la razón triunfará una vez más; si me dicen esto, les contestaré que el hombre no tendrá ya más que un medio para hacer su voluntad: volverse loco.

Estoy seguro de esto, pues no cabe duda de que la mayor preocupación del hombre ha sido siempre demostrarse a sí mismo que es un hombre y no un engranaje. Arriesgaba en ello su existencia, pero se lo demostraba; vivía como un troglodita, pero se lo demostraba. Y, después de todo esto, ¿cómo no pecar, cómo no felicitarse de que no hayamos llegado todavía al papel de tuerca y de que nuestra voluntad dependa aún de no saben qué? Ustedes exclamarán (si me hacen todavía el honor de lanzar exclamaciones) que nadie piensa privarme de mi voluntad, que sólo se trata de arreglar las cosas de modo que mi voluntad por sí misma, por su propia iniciativa, pueda acomodarse a mis intereses normales, a las leyes naturales, a la aritmética. ¡Pero díganme, señores! ¿Qué quedará de mi voluntad cuando lleguemos a las tablas de cálculos, cuando no haya más que eso de «dos y dos son cuatro»? Dos y dos serán cuatro sin que mi voluntad se mezcle en ello. ¡La voluntad aspira, evidentemente, a otra cosa!

IX

Bien sé, señores, que estoy bromeando y que mis bromas no tienen gracia. Pero es que no son únicamente bromas. Bromeo rechinando los dientes. Hay cuestiones que me atormentan, señores. Ayúdenme a resolverlas. Ustedes pretenden librar al hombre de sus antiguos hábitos y corregir su voluntad adaptándola a las leyes de la ciencia y de acuerdo con el sentido común. Pero ¿están ustedes seguros de que es necesario corregir al hombre? ¿En qué se fundan ustedes para creer que la voluntad del hombre requiere una educación? ¿Por qué creen que esta educación ha de serle útil? Y, para decirlo todo, ¿por qué están ustedes tan convencidos de que siempre es ventajoso para el hombre no ir en contra de sus intereses normales, reales, garantizados por el razonamiento y la aritmética? Esto no es, en resumidas cuentas, más que una suposición de ustedes. Incluso aunque una sea la ley lógica, ¿es acaso la ley humana? Ustedes se dirán que estoy loco. Pero permítanme explicarme. Admito que el hombre es un animal esencialmente constructor, obligado a dirigirse a sabiendas a un objetivo, sea el que fuere. Si es un ingeniero, ha de trazar sin descanso nuevas vías en no importa qué direcciones. Pero quizá precisamente por esta causa siente a veces el deseo de salirse por la tangente. Lo hace no sólo porque está condenado a trazar caminos, sino también porque, por muy necio que sea el hombre de acción, comprende a veces que los caminos conducen siempre a alguna parte, y que no es su dirección lo que importa, sino el hecho de que lo conduzcan a un lugar determinado. Así, al hombre juicioso no se le ocurrirá despreciar su profesión de ingeniero y no se entregará a la pereza, la cual es, como todo el mundo sabe, la madre de todos los vicios. Es indiscutible que al hombre le encanta trazar y construir caminos; pero también adora la destrucción y el caos. ¿Por qué?, díganme... Pero antes quiero decir algo más sobre este asunto.

Tal vez le gusten la destrucción y el caos (a veces le gustan; esto es indiscutible), porque tiene un temor instintivo a alcanzar la meta y terminar el edificio que construye. ¡Vaya usted a saber! Acaso este edificio sólo le gusta de lejos. Puede ser que le guste construirlo, pero no vivir en él, y esté dispuesto a abandonarlo aux animaux domestiques: a las hormigas, a los carneros, etc. Las hormigas tienen otros gustos; poseen un edificio verdaderamente extraordinario en su género: el hormiguero.

Las dignas hormigas empezaron construyendo hormigueros, y es probable que sigan construyéndolos eternamente, lo que hace honor a su constancia y a su sentido práctico. Pero el hombre es un ser versátil, y es posible que, como al jugador de ajedrez, le guste sólo la acción, sin importarle el objetivo que se puede alcanzar. Y, ¿quién sabe?, acaso el único objetivo que persigue la humanidad consista en ese esfuerzo, en esa acción; dicho de otro modo, tal vez la vida no tenga meta exterior, meta que, evidentemente, no puede ser más que ese «dos y dos son cuatro», es decir, una fórmula. Ahora bien, «dos y dos son cuatro» es un principio de muerte y no un principio de vida. En todo caso, el hombre teme siempre a ese «dos y dos son cuatro», y yo también le temo. Cierto que el hombre sólo se ocupa en la busca de ese «dos y dos son cuatro», cruza océanos, arriesga su vida en este empeño..., pero les aseguro que teme encontrarlo, pues cuando dé con él, ya no tendrá nada que hacer. Terminado su trabajo y recibida la paga, los obreros se van a la taberna, y luego completan la noche de esparcimiento de modo que tienen para toda la semana. Pero nuestro hombre es muy diferente. Se observa en él cierta desazón cada vez que alcanza uno de sus objetivos. Desea aproximarse a la meta, pero cuando llega, no se siente satisfecho. Esto es verdaderamente gracioso. Y es que el modo de ser del hombre es algo tan cómico como un buen chiste. En fin, sea como fuere, eso de «dos y dos son cuatro» es algo sumamente desagradable. Yo lo calificaría de procaz. «Dos y dos son cuatro» nos desafía con insolencia. Con los brazos en jarras se planta en medio de nuestro camino y nos escupe al rostro. Admito que eso de «dos y dos son cuatro» es una cosa excelente; pero puesto a alabar, les diré que «dos y dos son cinco» es también, a veces, algo encantador.

Pero díganme: ¿en qué se fundan ustedes para estar convencidos de que sólo es necesario lo normal, lo positivo, el bienestar en una palabra? ¿Acaso la razón no se equivoca en sus apreciaciones? Es posible que el hombre desee únicamente el bienestar. Pero ¿no es igualmente posible que desee el sufrimiento? ¿Acaso el sufrimiento no podría ser para él ventajoso como el bienestar? El hombre, a veces, desea apasionadamente el sufrimiento: está comprobado. No hay necesidad de ir a consultar sobre este punto a la historia universal. Pregúntense ustedes a sí mismos; les bastará ser hombres para responderse, por poco que hayan sufrido. Si quieren conocer mi opinión personal, les diré que es incluso inconveniente desear únicamente el bienestar. ¿Está esto bien?, ¿está mal? No lo sé. Pero es lo cierto que a veces resulta en extremo agradable romper algo. No es que yo defienda precisamente el sufrimiento o el bienestar: lo que defiendo es mi capricho, y lucharé, si es preciso, para que se me garantice. Ya sé que en los sainetes no se admite el sufrimiento. Pero tampoco se le puede admitir en un palacio de cristal, pues el sufrimiento entraña duda y negación, y ¿qué sería de un palacio de cristal del que se pudiera dudar? Estoy seguro de que el hombre no renunciará jamás al verdadero sufrimiento, es decir, a la destrucción y al caos.

¡El sufrimiento!... ¡Pero si es la única causa de la con, ciencia! Cierto que les he dicho al principio que la conciencia, a mi entender, es uno de los mayores males del hombre. Pero el hombre la quiere y no la cambiará por ninguna satisfacción. La conciencia es infinitamente superior a «dos y dos son cuatro». Después de «dos y dos son cuatro» no queda, evidentemente, nada, no sólo nada que hacer, sino incluso nada que saber. Lo único que podemos hacer entonces es obturar nuestros cinco sentidos y entregarnos a la contemplación. Verdad es que con la conciencia se llega a un resultado idéntico, es decir, a la inacción, pero en ese caso podemos, por lo menos, damos latigazos de vez en cuando, lo que vivifica un poco el espíritu. Es un sistema muy reaccionario, pero más vale eso que nada.

X

Ustedes creen en el palacio de cristal, indestructible, eterno, al que no se le podrá sacar la lengua ni mostrar el puño a escondidas. Pues bien, yo desconfío de ese palacio de cristal, tal vez justamente porque es de cristal e indestructible y porque no se le podrá sacar la lengua, ni siquiera a escondidas.

Verán ustedes: si en vez de un palacio de cristal tengo un simple gallinero, cuando llueva podré cobijarme en él; pero, aunque le esté muy agradecido por haberme preservado de la lluvia, no lo tomaré por un palacio. Ustedes se ríen y me dicen que en este caso un palacio y un gallinero tienen el mismo valor. Y yo les responderé que así es, pero que no vivimos sólo para no mojarnos. ¿Qué le vamos a hacer si se me ha metido en la cabeza que no se vive solamente para eso y que hay que vivir en un palacio? Ésta es mi voluntad porque éste es mi deseo. Y ustedes no conseguirán despojarme de mi voluntad si no modifican mis deseos. Pueden intentarlo, presentarme otro objetivo, ofrecerme otro ideal. Pero hasta que logren su propósito, me niego a tomar un gallinero por un palacio de cristal. Es posible que el palacio de cristal sea sólo un mito, que las leyes de la naturaleza no lo admitan y que lo haya inventado yo neciamente, impulsado por ciertas costumbres irracionales de nuestra generación. Pero ¿qué me importa que ese palacio sea inadmisible? ¿Qué me importa, si existe en mis deseos o, para decirlo con más exactitud, si existe mientras existan mis deseos? Se ríen ustedes de nuevo, ¿verdad? Bien, ríanse tanto como les plazca. Acepto todas las burlas pero me niego a decirme que estoy saciado cuando todavía tengo hambre. No me conformaré con un compromiso, con un cero que se renueva indefinidamente, por la única razón de que está de acuerdo con las leyes naturales y existe realmente. No admitiré que el coronamiento de mis deseos pueda ser una casa de ladrillo con alojamientos baratos cedidos en arrendamiento para mil años y que ostente el rótulo del dentista Wagenheim. Destruyan mis deseos, derriben mi ideal, preséntenme una meta mejor, y yo los seguiré. Me dirán ustedes, tal vez, que no vale la pena preocuparse por mí; pero piensen que yo puedo responderles lo mismo. Estamos discutiendo seriamente, pero les advierto que si ustedes no se dignan concederme su atención, no me echaré a llorar. Tengo mi subsuelo. ¡Pero mientras yo exista, mientras yo desee, que mis manos se sequen si llevo un solo ladrillo a esa casa! No me digan que yo mismo he renunciado hace poco al palacio de cristal por el único motivo de que no podía sacarle la lengua. Si he hablado así no ha sido porque me guste sacar la lengua. Acaso lo que me irrita es precisamente que, entre todos los edificios que tienen ustedes, no haya uno solo al que no se le tenga que sacar la lengua. Es decir, me haría cortar la lengua, en un impulso de agradecimiento, si se arreglasen las cosas de modo que yo perdiese las ganas de sacar la lengua. Pero ¿qué me importa que las cosas no puedan arreglarse así y que haya que conformarse con tener un alojamiento económico? ¿Por qué tengo semejantes deseos? ¿Acaso no estoy constituido así para poder comprobar que esta constitución es sólo una broma de mal gusto? Pero ¿es éste verdaderamente el único objetivo? No lo admito. Por otra parte, ¿saben ustedes lo que les digo? Que estoy persuadido de que nosotros, los hombres del subsuelo, debemos estar atraillados. El hombre del subsuelo es capaz de permanecer silencioso en su cobijo durante cuarenta años; pero si sale del subsuelo, empieza a hablar, y ya no hay modo de detenerlo.

XI

La suprema finalidad, señores, es no hacer nada en absoluto. La inercia contemplativa es preferible a todo. ¡Por lo tanto, viva el subsuelo! Aunque haya dicho hace poco que envidio al hombre normal hasta la última gota de mi bilis, cuando lo veo tal como es renuncio a la normalidad (aunque sin dejar de tener envidia al ser normal). ¡No, no; el subsuelo es siempre preferible! Allí, al menos, se puede... ¡Ah! ¡Ya estoy mintiendo otra vez! Miento porque estoy convencido, tanto como de que dos y dos son cuatro, de que no es el subsuelo lo que más vale, sino otra cosa muy distinta, a la cual aspiro, pero que no sé qué es. ¡Al diablo el subsuelo!

¡Si yo pudiera creer una sola palabra de lo que estoy escribiendo! Pues les juro, señores, que no creo ni una sola y miserable palabra. Mejor dicho, tal vez crea, pero, en el momento mismo de decirlas, sospecho, no sé por qué, que miento como un sacamuelas.

«Entonces, ¿por qué ha escrito usted todo esto?», me preguntarán ustedes seguramente.

Me gustaría saber lo que habrían escrito ustedes si yo les hubiese tenido encerrados e inactivos durante cuarenta años y, transcurrido este tiempo, los hubiera ido a visitar al subsuelo para comprobar en qué se habían convertido ustedes. Sí, me habría gustado oírlos. ¿Se puede dejar durante cuarenta años a un hombre solo y sin ocupación?

«Pero eso es vergonzoso, humillante -me dirán ustedes, quizá, moviendo la cabeza con desprecio-. Usted tiene sed de vida, pero quiere resolver las cuestiones vitales por medio de absurdas lógicas. ¡Cuánta ostentación, cuánta impudicia hay en todo eso! Pero, a pesar de todo, usted tiene miedo. Dice estupideces sin la menor preocupación, y las mayores insolencias, pero, en el fondo, se siente atemorizado y pide perdón. Declara que no teme a nadie, pero busca nuestra benevolencia. Nos asegura que rechina los dientes, pero, al mismo tiempo, bromea y trata de hacemos reír. Sabe que pretende ser ingenioso y que no lo es, pero se muestra muy satisfecho de su literatura. Es posible que usted haya sufrido, pero no siente respeto alguno por su sufrimiento. Hay algo de verdad en sus palabras, pero carecen de pudor. Empujado por la vanidad más mezquina, saca su verdad a la calle, la expone en el mercado, la exhibe en la picota de las burlas. Tiene algo que decir, pero el temor le lleva a escamotear la última palabra, porque es usted insolente pero no audaz. Se jacta de su capacidad mental, pero, en su pensamiento, todo son vacilaciones, porque, aunque su inteligencia está en actividad, su corazón está manchado por el libertinaje, y si el corazón no es puro, la conciencia no puede ser completa ni clarividente. ¡Y qué importuno es usted, qué molesto! ¡Qué modo de hacer el bufón! ¡No dice más que mentiras! ¡Mentiras! ¡Mentiras!»

Huelga decir que estas palabras me las he dicho yo a mí mismo. También ellas proceden del subsuelo. Durante cuarenta años he estado escuchando por una rendija estos discursos. Los he compuesto yo mismo, porque no tenía nada que hacer. Me ha sido fácil, por consiguiente, aprendérmelos de memoria y darles forma literaria.

No crean que mi propósito era imprimir todo esto para darlo a leer a ustedes. Pero hay algo que no comprendo: ¿por qué me dirijo a ustedes como si fueran mis lectores? Las confidencias que me dispongo a hacer aquí no son las que... se publican y se dan a leer. Por lo menos, yo no me siento con fuerzas para obrar así. Por otra parte, no veo la necesidad de hacerlo... Pero, miren ustedes, tengo un capricho y quiero realizarlo a toda costa. Les explicaré en qué consiste. Entre los recuerdos que todos conservamos de nosotros mismos, hay algunos que sólo se los contamos a nuestros amigos. Otros, ni siquiera a nuestros amigos se los queremos confesar y los guardamos para nosotros mismos bajo el sello del secreto. Y existen, en fin, cosas que el hombre no quiere confesarse ni siquiera a sí mismo. En el curso de su existencia todo hombre honrado ha acumulado gran cantidad de estos recuerdos. Incluso me atrevería a decir que su número está en proporción directa con la honradez del hombre.

Pero yo he decidido recordar algunas de mis antiguas aventuras, que hasta ahora he eludido con cierta inquietud. Y ahora, cuando las evoco e incluso quiero anotarlas, me pregunto si es posible ser sincero, por lo menos con uno mismo; si puede uno decirse toda la verdad. Respecto a este asunto, les diré que Heine asegura que no existen autobiografías exactas, porque el hombre miente siempre cuando habla de sí mismo. Según Reine, Rousseau nos mintió en sus Confesiones, e incluso deliberadamente, por vanidad. Estoy seguro de que Reine tiene razón. Comprendo que uno "se achaque crímenes abominables exclusivamente por vanidad, y comprendo igualmente lo que es ese sentimiento. Pero Reine se refería a las confesiones públicas, y yo escribo para mí solo. Si hablo de modo que parece que me dirijo a los lectores, lo hago sólo porque así es más fácil exponer por escrito mis ideas. Se trata exclusivamente de una forma, una forma vacía. Ya he dicho, y lo repito, que nunca tendré lectores. No quiero ninguna traba en la redacción de mis notas. No observaré orden alguno, no seguiré ningún plan. Escribiré simplemente lo que vaya recordando. Ustedes podrían tomarme la palabra ahora mismo y preguntarme: si no piensa usted en los lectores, ¿por qué declara -¡y por escrito además!- que no observará ningún orden, ningún plan; que escribirá simplemente lo que le haya pasado por la cabeza, etc.? ¿Por qué da usted estas explicaciones? ¿Por qué presenta estas excusas?

Estamos ante un caso psicológico interesante. Es posible que obre así por cobardía. Pero también puede ser que me imagine tener ante mí un público, a fin de no pasar por alto las conveniencias. Motivos como éste puede haber millares...

Pero aún hay otra cosa. ¿Por qué escribo todo esto? Si no me dirijo al público, bien puedo evocar mis recuerdos sin registrarlos en el papel. Cierto, pero hay que tener en cuenta que, una vez registrados en el papel, cobran importancia. Esto me impresionará, me juzgaré mejor a mí mismo y mi estilo ganará con ello. Además, es probable que experimente cierto alivio. Hoy estoy deprimido por un recuerdo lejano que ha acudido a mí con claridad hace unos días, y desde entonces me persigue sin tregua, como uno de esos motivos musicales que nos obsesionan. Pero es absolutamente preciso que me desprenda de él. Tengo centenares de recuerdos de este tipo, y a veces, de pronto, se despierta uno de ellos y me oprime la garganta. Y creo, no sé por qué, que si expreso por escrito ese recuerdo, me veré libre de él. ¿Por qué no he de probar?

Y la última razón es que, como nunca hago nada, estoy aburrido. Escribir los recuerdos propios es todo un trabajo. Se dice que el trabajo hace al hombre honrado y bueno. Se me ofrece, pues, una oportunidad...

Hoy nieva. Cae una capa brumosa de copos amarillentos y medio derretidos. Ayer nevó también, y anteayer. Creo que ha sido precisamente esta nieve fundida la que ha traído a mi memoria la anécdota que me obsesiona. Así, pues, mi relato se titulará A propósito de nieve derretida.

A PROPÓSITO DE NIEVE DERRETIDA

Cuando el ardor de mi palabra persuasiva

retiró del abismo oscuro del error

tu alma caída en el fondo,

y tú, presa de un dolor atroz,

maldijiste, retorciéndote los brazos,

El vicio que te había fascinado;

cuando, castigando a tu conciencia,

renunciando a tu existencia pasada

y, ocultando el rostro en las manos,

llena repentinamente de horror y de vergüenza,

lloraste...

NEKRASSOV

I

En aquella época, sólo tenía veinticuatro años. Mi vida era ya lo que es hoy: una vida sombría, desordenada y ferozmente solitaria. No tenía relaciones, no cruzaba la palabra con nadie y sólo pensaba en ocultarme en mi rincón. Durante mis horas de oficina, en la cancillería, procuraba no dirigir la mirada a ningún compañero, pero advertía perfectamente que éstos me consideraban como un tipo raro, e incluso -tenía también esta impresión- me miraban con cierta repugnancia. A veces me preguntaba por qué había de ser yo el único en imaginarse que le miran con repulsión. Uno de nuestros empleados tenía una cara repugnante, picada de viruelas. Parecía un bandido. Si yo hubiese tenido un rostro tan horrible, ni siquiera me habría atrevido a aparecer en público. Otro empleado llevaba un uniforme tan mugriento que olía a demonios. Sin embargo, aquellos señores no daban muestras de avergonzarse de su cara, de su uniforme ni de su modo de ser. No se imaginaban que los pudieran mirar con desagrado. Por lo demás, incluso si se lo hubieran imaginado, no habrían experimentado la menor inquietud, a menos que se hubiese tratado de sus jefes. Ahora me parece que, impulsado por una vanidad desmesurada, me exigía demasiado y me miraba a menudo con una especie de desdeñosa irritación que rayaba a veces en la repugnancia. Y así llegué a persuadirme de que los demás me miraban con los mismos ojos. Mi cara me parecía detestable. La veía innoble, e incluso consideraba que tenía cierta expresión cobarde y vil. Y justamente por eso, al entrar por la mañana en la cancillería, hacía un gran esfuerzo para adoptar un aire independiente y, temiendo que me creyeran cobarde, trataba de dar a mi rostro una expresión lo más noble posible. «Mi cara no es hermosa -me decía-. Es preciso, pues, que sea por lo menos noble, expresiva y, sobre todo, inteligente en extremo.» Y yo sabía -estaba dolorosamente seguro- que jamás mi rostro conseguiría reflejar estas hermosas cualidades. Pero lo peor era que mi cara me parecía estúpida. Al fin y al cabo, me habría contentado con la inteligencia. Incluso habría transigido con una expresión vil, con tal que fuese también inteligente.

Naturalmente, odiaba y despreciaba a todos los empleados de la cancillería, desde el primero hasta el último; pero creo que, al mismo tiempo, los temía. A veces, incluso los colocaba por encima de mí. Estas cosas ocurren siempre en mí repentinamente: tan pronto desprecio a una persona como la elevo sobre el pavés. El hombre honrado y culto no debe ser vanidoso si no extrema el rigor consigo mismo y se desprecia a veces hasta el odio. Pero yo, cualesquiera que fuesen mis sentimientos de desprecio y de respeto, bajaba los ojos siempre ante todo el mundo. Incluso hacía de vez en cuando experimentos. ¿Sería capaz de soportar la mirada de éste o aquél? Pero todas las veces bajaba la mirada. Aquello me atormentaba hasta la locura.

Tenía también un temor enfermizo a parecer grotesco, y precisamente por eso profesaba una adoración servil por la rutina en todo lo concerniente a la vida externa, seguía con gran precisión el surco de la vida ordinaria y me aterraba reconocer que cometía cualquier irregularidad. Pero ¿cómo podía resistir? Mi inteligencia se había desarrollado morbosamente, como es propio de las inteligencias de nuestra época. En cuanto a mis compañeros, todos eran estúpidos y se parecían como ovejas. Si yo era el único que me consideraba un cobarde, un esclavo, era quizá justamente porque mi inteligencia estaba más desarrollada.

Pero no se trataba de una simple ilusión: yo era efectivamente un cobarde, un esclavo. Digo esto sin rubor alguno. En nuestra época, todo hombre decente es forzosamente cobarde y un esclavo. Tal es su estado normal. Estoy enteramente convencido de ello. El hombre está constituido para ser así. Y no se trata en modo alguno de un hecho exclusivo de nuestra época, dependiente de una serie de circunstancias especiales. En todos los tiempos, el hombre honrado fue un cobarde y un esclavo. Si tiene ocasión de dárselas de valiente, no debe jactarse de ello, porque inmediatamente después empezará a lloriquear. Tal es su ley eterna. No hay nada que pueda compararse con los asnos y los mulos en esto de ser bravos..., pero hasta cierto límite. Ni siquiera vale la pena prestarles atención: no tienen la menor importancia.

Había otra circunstancia que me atormentaba sin cesar. No me parecía a nadie y nadie se parecía a mí. «¡Soy único, mientras ellos, son todos!», me decía. Y al punto empezaba a reflexionar.

Como ustedes deducirán de estas declaraciones, yo no era todavía más que un chiquillo.

Pero a veces, de pronto, se operaba en mí un cambio. ¡Qué penoso me era dirigirle a la oficina! Esta aversión llegaba al extremo de que tenía que volver a casa completamente enfermo. Pero he aquí que entro en un período de escepticismo y de indiferencia (todo llega a mí por períodos). Entonces me burlo de mi propio rigorismo y de mi desdén, y me acuso de ser un romántico. Ayer mismo, no les dirigía la palabra; pero hoy les hablo y trato de entablar amistad con ellos. Toda mi repugnancia se ha desvanecido corno por ensalmo. ¿Quién sabe? Quizá ni siquiera la había experimentado nunca y no era más que una postura afectada. No he podido resolver aún esta cuestión. Una vez incluso me relacioné íntimamente con ellos. Iba a verlos; jugábamos a las cartas, bebíamos, charlábamos por los codos... Pero permítanme que abra aquí un breve paréntesis.

Entre nosotros, los rusos, no abundan esos estúpidos románticos de tipo alemán, y más aún francés, perdidos en sus sueños estrellados y a los que nada produce efecto. Ni siquiera se conmoverían si la tierra temblase bajo sus pies o Francia sucumbiera en las barricadas. No cambian jamás, ni siquiera por conveniencia: siguen cantando sus himnos sublimes hasta el último día. Son unos necios. Entre nosotros, en nuestra tierra rusa, no hay necios: esto es cosa sabida. Es precisamente lo que distingue a nuestro país de las tierras extranjeras. Entre nosotros no se ven esas naturalezas ideales en estado bruto, por decirlo así. Al imaginarse estúpidamente que los Constanioglos y los tíos Piotr Ivanovitch eran nuestro ideal, los críticos y los publicistas han juzgado que nuestros románticos son tan soñadores y tan sublimes como los de Alemania y Francia.

Y no es así. El carácter de nuestro romántico es completamente distinto de sus colegas extranjeros, y ninguna de las unidades de medida europeas puede convenirle (permítanme emplear el término «romántico», vieja y respetable palabra que todo el mundo conoce). El rasgo predominante de nuestro romántico es que lo comprende todo, que lo ve todo y que incluso lo ve mucho más claramente aún que los espíritus más positivos. Nuestro romántico no se inclinará ante la realidad, pero tampoco la desdeñará. Cederá si es preciso, pues no perderá nunca de vista el fin práctico, útil (una buena pensión, una linda medalla, un alojamiento del Estado), que percibirá a través de todo su entusiasmo, de todos sus volúmenes de poemas líricos. Pero conservará al mismo tiempo, intangible, su ideal «de lo bello, de lo sublime», sin dejar de conservarse a sí mismo, sin el menor reparo, entre algodones, como una joya, para mayor provecho de la belleza, de la sublimidad. Nuestro romántico es un hombre de espíritu extremadamente amplio y, a la vez, el mayor de nuestros canallas. Se lo aseguro a ustedes, incluso lo sé por experiencia. Pero todo esto sólo se refiere al romántico inteligente. ¡Oh! ¿Qué digo? Todos los románticos son inteligentes. Si ha habido algunos imbéciles entre nuestros románticos, éstos no cuentan, por la sencilla razón de que, en la flor de la vida, se convertían en verdaderos alemanes y acababan por instalarse en alguna parte de la Selva Negra o en Suiza, a fin de conservar intactos sus sublimes ideales. Así era yo. Yo despreciaba sinceramente mis ocupaciones, y si no les escupía era porque estaba obligado a ir a la oficina, ya que necesitaba el sueldo. Iba a la oficina por encima de todo: observen el detalle. Nuestro romántico perderá antes la razón (cosa que, por cierto, le sucede muy raramente) que escupirá a su carrera, a menos que se le ofrezca otra. No se le podrá obligar a marcharse, ni siquiera a puntapiés, y, si pierde completamente la cabeza, podrán encerrarlo en un manicomio, donde se jactará de ser rey de España...

Pero sólo pierden la razón los endebles. Un número incalculable de románticos llega a los más altos puestos. La diversidad de su talento es extraordinaria. ¡Con qué facilidad logran armonizar los sentimientos y las sensaciones más contradictorias! Esto me impresionaba y consolaba. Ésta es la razón de que tengamos tantas «naturalezas amplias» que conservan su ideal hasta en su última caída. Y aunque no muevan un dedo por sus ideales, aunque sean verdaderos bandidos, siguen siendo extraordinariamente honrados con su alma y conservan el respeto a su ideal, del que hablan con voz impregnada de lágrimas.

Sí, señores; en nuestra patria, incluso el peor de los canallas puede ser honrado con su alma, honrado hasta lo sublime, sin dejar de ser un miserable. Lo repito: de las filas de nuestros románticos se ve continuamente salir bribones tan hábiles (empleo la palabra «bribón» en tono cariñoso), que manifiestan un sentido tal de la realidad y conocimientos tan prácticos, que sus superiores jerárquicos y el público se frotan los ojos de estupefacción al observar el fenómeno.

¡Sí, nuestra diversidad y nuestra amplitud son verdaderamente extraordinarias, y sabe Dios lo que saldrá de ellas todavía y lo que nos anuncian para el porvenir! ¡Verdaderamente, el material no es malo! ¿Qué piensan ustedes de todo esto, señores? Al decir estas cosas, no me impulsa un ridículo sentimiento de patriotismo. Por lo demás, estoy seguro de que ustedes se imaginan otra vez que bromeo. O acaso me equivoque y, por el contrario, crean que hablo en serio. En todo caso, las dos opiniones me honran por igual, señores, y me causan la misma satisfacción.

Y perdonen esta disgresión.

Naturalmente, nunca conseguía soportar durante mucho tiempo mis relaciones de amistad con mis colegas. Rompía con ellos tempestuosamente, dejaba de saludarlos -efecto de mi juvenil inexperiencia- y todo terminaba entre nosotros. Pero esto me ocurrió una sola vez, pues era excepcional que faltara a mi habitual misantropía.

En mi casa me pasaba la mayor parte del tiempo leyendo. Así procuraba apagar bajo impresiones externas lo que hervía constantemente en mí. Las únicas impresiones externas de que disponía había de buscarlas en la lectura. Naturalmente, eran para mí un gran reconfortante: me conmovían, me distraían, me atormentaban. Pero llegaba un momento en que me sentía harto de ellas y experimentaba la necesidad de obrar. Entonces, de golpe y porrazo, me lanzaba al libertinaje, un libertinaje mezquino, nauseabundo, irrisorio, subterráneo. Mi continua irritación hacía mis pasiones ardientes, abrasadoras. Mis impulsos de pasión terminaban en ataques de nervios, lágrimas y convulsiones. Fuera de la lectura, no tenía ninguna distracción. En tomo a mí no había nada que pudiese imponerme algún respeto y atraerme. Una ola de angustia me inundaba; sentía una sed histérica de contrastes, de oposiciones, y me lanzaba a la disipación. No digo esto para disculparme... Sin embargo... Sí, miento. Quería precisamente excusarme. Y no quiero mentir: he dado mi palabra. Por la noche iba en busca de las mujeres, a hurtadillas, con un sentimiento de vergüenza que no se apartaba de mí ni siquiera en los momentos más innobles y que me exasperaba hasta la locura. Entonces, mi alma ya llevaba en ella su subsuelo. Tenía un miedo atroz a que alguien me viera y me reconociese. Por eso iba a las zahúrdas más sórdidas.

Una noche, al pasar ante un pequeño restaurante, asistí, a través de las ventanas iluminadas, a una batalla entre jugadores de billar, que utilizaban como armas los tacos, y vi cómo echaban a uno de ellos por la ventana. En otro momento cualquiera, aquella conducta me habría repugnado, pero el estado de ánimo en que me hallaba entonces me hizo tener envidia de aquel señor al que habían arrojado a la calle. Fue tan fuerte aquel sentimiento, que entré en la sala de billares. «¿Quién sabe? -me decía-. Quizá también yo logre armar una buena trifulca y que me echen por la ventana»

No estaba borracho, pero ¿qué quieren ustedes?, el tedio y la angustia me volvían loco. Y resultó que yo ni siquiera era digno de que me echasen por la ventana, y me fui sin haber podido reñir con nadie. Desde el primer momento, un oficial me puso en mi sitio.

Me había situado cerca de la mesa de billar y, como no conocía nada del juego, estorbaba a los jugadores. A fin de poder pasar, el oficial me puso las manos en los hombros y, sin la menor explicación, sin decir ni palabra, me apartó. Luego pasó como si yo no existiese. Le habría perdonado que me golpeara, pero me mortificó que me apartara en silencio. Sólo el diablo sabe lo que yo habría dado por una disputa en regla, por una querella conveniente, literaria, por decirlo así. Me habían tratado como a una mosca. El oficial era un hombre de aventajada estatura; yo, bajito y enclenque. Sin embargo, sólo de mí dependía provocar un escándalo. Si hubiese protestado, me habrían hecho tomar al punto el camino de la ventana. Pero reflexioné y preferí escabullirme, aunque mi corazón rebosaba de cólera. De nuevo me vi en la calle. Estaba conmovido y perplejo. Regresé derecho a casa. Y al día siguiente volví a lanzarme, más atemorizado aún, más tristemente, en mi irrisorio libertinaje. Tenía lágrimas en los ojos, pero continuaba. No crean ustedes, sin embargo, que retrocedí ante el oficial por temor. Jamás sentí miedo, aunque siempre lo tuviese a la acción. ¡No se rían aún! Hay una explicación para esto. Yo tengo explicaciones para todo. ¡Oh, si ese oficial hubiese sido de los que admiten batirse en duelo! ¡Pero no! Era precisamente uno de esos señores (¡ay!, este tipo ha desaparecido hace mucho tiempo) que prefieren servirse de los tacos de billar o bien quejarse a sus jefes, a la manera del teniente Pirogov que nos presenta Gogol. Estos oficiales no se batían, y sobre todo cuando tenían una disputa con nosotros, miserables paisanos, consideraban el duelo una inconveniencia, una moda francesa, algo propio de espíritus liberales. Pero esto no les impedía, especialmente cuando eran altos y fornidos, insultar pródigamente al prójimo.

No fue el temor lo que me hizo marcharme, sino la vanidad. No me dieron miedo ni la considerable estatura del oficial, ni los golpes que hubiera podido propinarme, ni la perspectiva de que me arrojasen por la ventana. No fue el valor físico lo que me faltó, sino el valor moral: resultó insuficiente. Temí que todos los presentes, empezando por el insolente encargado de la mesa y terminando por un empleadillo de cara llena de granos y de cuello grasiento, que se afanaba en torno a los jugadores; temí que todos se rieran de mí cuando levantase la voz en son de protesta y les hablase en un lenguaje literario. Porque entre nosotros no se puede hablar del puntillo de honor, no del honor, sino precisamente del point d'honneur, sin utilizar un lenguaje literario. No, el puntillo de honor no admite el lenguaje corriente. Yo estaba completamente seguro (como ustedes ven, el romanticismo anula en mí el sentido de la realidad) de que reventarían de risa, de que el oficial no se contentaría con pegarme, sino que me haría dar la vuelta a la mesa de billar, propinándome puntapiés en los riñones. Y sólo después de esto, tal vez compadeciéndose de mí, me arrojaría por la ventana. Siendo yo el protagonista, aquella miserable aventura no podía acabar de otro modo. Después de esto se sucedieron mis encuentros con el oficial en la calle. Lo observé atentamente. ¿Me reconocía también él a mí? No lo sé. Creo que no; lo creo por ciertos indicios. En cuanto a mí, lo examinaba con odio y rabia. Y esto duró... varios años. ¡Sí, señores! Con el tiempo, mi odio se hizo implacable, más profundo. Empecé a procurarme discretamente algunos informes sobre su persona. Esto me resultaba muy difícil, porque yo no conocía a nadie. Pero una vez, en la calle, cuando lo seguía desde hacía rato pegado a sus talones, alguien lo llamó por su nombre, y así me enteré de cómo se llamaba. Otra vez lo seguí hasta su casa y, mediante una propina, supe por el portero en qué piso y con quién vivía, y, en fin, todo lo que se puede saber por un portero. Una buena mañana, aunque yo no tenía ninguna práctica literaria, me vino a las mientes la idea de describir al oficial en tono satírico, caricaturizarlo y presentarlo como héroe de una novelita. Me enfrasqué alegremente en este trabajo. Pinté a mi héroe con los colores más sombríos. Incluso lo calumnié. Modifiqué tan poco el nombre al principio, que sus amigos lo habrían reconocido inmediatamente. Luego, tras maduras reflexiones, lo cambié. Envié mi novela a los Anales de la Patria, pero en aquel tiempo no existía aún la moda del género satírico, y mi relato no se publicó, lo que me irritó sobremanera.

A veces, la ira me ahogaba; tanto, que al fin resolví retar a mi enemigo a un duelo. Le escribí una hermosa carta, en la que le suplicaba que me presentase sus excusas y le daba a entender claramente que, en caso de negarse, tendría que aceptar el duelo. La carta estaba tan bien escrita, que si el oficial hubiese tenido alguna sensibilidad para «lo bello y lo sublime», habría venido a todo correr en mi busca para echarme los brazos al cuello y ofrecerme su amistad. ¡Qué conmovedor habría sido todo esto! ¡Habríamos vivido tan felices desde entonces!... Su magnífica presencia habría bastado para defenderme de mis enemigos, y yo, con mi inteligencia, con mis ideas, habría ejercido sobre él una influencia ennoblecedora. ¡Cuántas cosas habrían podido hacer! Figúrense ustedes que esto ocurría dos años después del incidente. Por lo tanto, mi desafío era ridículamente anacrónico, a pesar de la habilidad que yo había desplegado para explicar y disimular este anacronismo. Pero, gracias a Dios (todavía hoy doy gracias al cielo con lágrimas de gratitud en los ojos), no envié la carta. Me estremezco ante la sola idea de lo que habría ocurrido si la hubiese enviado.

Luego, de pronto, conseguí vengarme de la manera más sencilla y genial. Fue una idea luminosa. A veces, los días de fiesta, iba a pasear por la avenida Nevsky. Daba mi paseo a eso de las cuatro, por la acera en la que daba el sol. En verdad, no se trataba de un verdadero paseo, de un esparcimiento, pues durante él experimentaba tormentos indecibles, humillaciones e incluso ataques de hígado. Pero esto era precisamente, me parece a mí, lo que buscaba en aquel lugar. Semejante a un insecto, me deslizaba del modo más vil entre los transeúntes, cediendo continuamente la acera a los generales, a los oficiales de guardia, a los húsares, a las damas hermosas. Sentía verdaderos espasmos en el corazón y escalofríos a lo largo de la espina dorsal cuando pensaba en el lamentable estado de mi ropa en el aspecto bajo y vulgar que debía tener mi agitada e insignificante persona. Era un verdadero suplicio, una humillación continua, que me inspiraba el claro convencimiento de que yo era una simple mosca en medio de tanta elegancia, una repulsiva mosca, superior, desde luego, a toda aquella gente en inteligencia, en nobleza, pero constantemente ofendida, continuamente humillada y siempre obligada a ceder.

¿Por qué iba a la -avenida Nevsky? ¿Por qué me sometía voluntariamente a aquel suplicio? No lo sé. Pero me sentía atraído hacia allí, y me apresuraba a ir cada vez que me era posible.

Por lo tanto, ya experimentaba aquellos ataques de voluptuosidad de que hablé en el primer capítulo. Pero después de mi aventura con el oficial, estos ataques fueron más violentos. En la avenida Nevsky me lo encontraba con frecuencia, y era allí donde podía admirarlo mejor. También él paseaba por la avenida los días de fiesta. También él cedía el paso a los generales y a las altas personalidades, se deslizaba entre ellos como un insignificante pez; pero cuando se trataba de personas de mi ralea, e incluso un poco más limpias, las aplastaba materialmente: iba recto hacia ellas, como si no existiesen, y nunca les cedía el paso. Yo me ahogaba de rabia cuando le veía llegar, pero, aún lleno de furor, siempre me apartaba de mi camino. Sufría al no poder mantenerme en pie de igualdad con él ni siquiera en la calle. «¿Por qué he de ser siempre yo el que ceda el paso? -me preguntaba a veces, ciego de cólera, por las noches-. ¿Por qué he de ser yo? No hay reglas, no hay nada escrito sobre esta cuestión. Comprendo que la gentileza se comparta, como es propio de personas bien educadas: él cede el paso, tú lo cedes también, y los dos pasáis con un sentimiento de mutua estimación.» Pero el caso es que yo siempre me apartaba de mi camino y él ni siquiera se daba cuenta de mi urbanidad. Y he aquí que un día se me ocurrió esta idea maravillosa: «¡Si yo me atreviese a no cederle el paso cuando nos encontráramos..., no cedérselo adrede, ostensiblemente, aunque él me empujara...! ¿Qué pasaría?». Este pensamiento audaz se fue apoderando de mí paulatinamente, y llegó un momento en que ya no pude librarme de él. Aquel encuentro no se apartaba de mi mente, e iba con más frecuencia a la avenida Nevsky, a fin de imaginarme más claramente cómo obraría cuando me decidiera a obrar. Estaba radiante de alegría. Cuanto más pensaba en ello, más realizable me parecía mi idea. «No lo empujaré -la alegría me había hecho ya mejor-, pero no lo esquivaré. Tropezaremos sin hacemos daño; será un choque de hombros no más fuerte de lo indispensable para que él comprenda que hay que guardar las formas.» Al fin tomé la decisión. Pero los preparativos exigieron mucho tiempo. Ante todo, había que estar bien compuesto al realizar semejante acto. Por lo tanto, tenía que pensar en mi indumentaria. «Si hay escándalo (ya que el público de la avenida es a esa hora de lo más encopetado: el príncipe D..., la condesa, todos los escritores), conviene ir bien vestido. La ropa impone a la gente y en el acto lo coloca a uno, a los ojos de la buena sociedad, en el mismo plano que cualquier otro.» Por consiguiente, pedí un anticipo de mi sueldo y me compré en casa de Tchurkin un sombrero y un par de guantes negros. Los guantes negros me parecían de mejor tono, más correctos que los guantes de color limón en los que había pensado al principio, pero que después me parecieron demasiado vistosos: «Me acusarían de querer llamar la atención». Renuncié, pues, a los guantes amarillos. Ya tenía preparada desde hacía mucho tiempo una elegante camisa con botones de marfil. Pero el estado de mi abrigo exigió largas operaciones. Al fin y al cabo, no era demasiado feo, y me abrigaba lo necesario. Pero estaba enguatado y tenía un cuello de oso lavador, como las pellizas de los lacayos. Así, pues, costase lo que costase, había que cambiar el cuello y ponérselo de castor como los que llevan los oficiales. Recorrí las tiendas, y al fin, tras una búsqueda infructuosa, di con un castor alemán que no debía ser muy caro. Aunque el castor alemán no sea sólido y cobre pronto un aspecto de pobreza, cuando está nuevo produce bastante efecto, y había que tener en cuenta que yo lo necesitaba solamente para aquella ocasión. Pregunté el precio, y vi que no era tan módico como yo hubiera deseado. Entonces decidí vender mi cuello de oso lavador y pedirle la cantidad que me faltaba (para mí muy importante) a Antón Antonovitch Sietochkin, el jefe de mi negociado, hombre bondadoso, pero serio y práctico, al que me había recomendado calurosamente un personaje importante cuando empecé a trabajar como funcionario.

Yo sufría terriblemente: me parecía vergonzoso, rastrero, pedir dinero a Antón Antonovitch. No pegué los ojos durante dos o tres noches. Por regla general, en aquel tiempo dormía muy poco. Tenía fiebre; mi corazón, habitualmente oprimido, empezaba de pronto a saltar en mi pecho... Saltaba, saltaba... Antón Antonovitch mostró al principio cierto asombro; luego hizo una mueca, reflexionó y, finalmente, me prestó el dinero que le había pedido, no sin antes hacerme firmar un recibo por el que le cedía el derecho a cobrar mi sueldo durante dos semanas.

Al fin todo estaba a punto. El bello pastor alemán había ocupado el puesto del ruin oso lavador, y yo iba plantando poco a poco los jalones de mi acto. Sin duda, no debía obrar en el primer encuentro; había que esperar a que se presentara una circunstancia favorable. Entonces avanzaría lenta y pacientemente. Pero, tras algunos intentos fallidos, empecé, lo confieso, a dudar del éxito. No conseguía que nos encontráramos frente a frente. Sin embargo, yo me había preparado bien; había tornado todas las precauciones... «¡Ahí viene! ¡Esta vez todo saldrá bien! ¡Chocaremos! Pero ¿qué he hecho? Le he cedido el paso una vez más, y él ha pasado sin prestarme ninguna atención.» Yo incluso dirigía plegarias al cielo al acercarme a él, a fin de que Dios me infundiera la resolución necesaria. Cuando ya estaba completamente decidido a terminar, sólo había conseguido humillarme una vez más, pues en el último instante, cuando no estaba a más de cuatro o cinco centímetros de él, vacilé; y él pasó sobre mí con perfecta tranquilidad. También tuve la sensación de que me arrojaba a un lado corno una pelota.

De nuevo tuve fiebre aquella noche y deliré. Pero, de improviso, esta situación se resolvió de modo satisfactorio. Precisamente la tarde anterior había resuelto renunciar a mi nefasto designio y olvidarlo. En este estado de ánimo me dirigí por última vez a la avenida Nevsky. Quería presenciar, por decirlo así, el abandono de mi proyecto. De pronto, cuando estaba solamente a tres pasos de mi enemigo, me decidí. Cerré los ojos y... nuestros hombros chocaron. No cedí ni un centímetro y pasamos el uno junto al otro como iguales. Él ni siquiera volvió la cabeza: fingió no darse cuenta de nada. Pero esta actitud era una afectación, estoy seguro. Todavía tengo esta seguridad. El choque me dolió a mí más que a él; no me cabe duda, porque él era más fuerte. ¡Pero esto no importaba! Había alcanzado mi objetivo, había salvado mi dignidad; al no ceder ante él ni una pulgada, lo había obligado a tratarme públicamente en pie de igualdad. De vuelta en casa, me sentí completamente vengado de mis humillaciones. Estaba inundado de alegría, triunfante. Cantaba aires italianos. Naturalmente, no describiré a ustedes lo que pasó tres días después. Si han leído la primera parte de esta obra, Memorias del subsuelo, pueden imaginárselo fácilmente. El oficial fue trasladado no sé adónde hace ya catorce años, y no he vuelto a verlo. ¿Qué hará ahora el buen hombre? ¿A quién estará aplastando?

II

Mi período de libertinaje llegaba a su fin y me sentía atrozmente asqueado. Tenía remordimiento, pero lo rechazaba: me producía náuseas. Sin embargo, poco a poco me iba acostumbrando. Me acostumbraba a todo. Mejor dicho, no era que me acostumbrase, sino que lo soportaba todo con resignación. Pero tenía un buen remedio, el de evadirme a los dominios «de lo bello y lo sublime»..., en sueños, naturalmente. Soñaba sin freno, pasaba tres meses seguidos soñando, enterrado en mi rincón, y en aquellos momentos, créanme, no me parecía en nada a aquel señor angustiado, de corazón de gallina, que cosía al cuello de su abrigo una piel de castor alemán. Me había convertido en héroe. En aquellos momentos ni siquiera habría recibido a mi bravo teniente. Es más, ni siquiera habría pensado que tal cosa pudiera suceder. ¿Qué sueños eran aquellos y cómo podían satisfacerme? Hoy me es difícil explicarlo. Pero sé que entonces estaba plenamente satisfecho. Además, estos sueños casi me bastan ahora. Tras mis excesos de libertinaje eran especialmente agradables y apacibles. Entonces acudían a mí en medio de los remordimientos, de las lágrimas, de las maldiciones impetuosas. ¡Tuve instantes de tal plenitud, de una dicha tan perfecta, que era imposible burlarse de ellos! No había en mí más que fe, esperanza y amor. Y es que en aquellos tiempos yo estaba ciegamente persuadido de que gracias a algún milagro, a alguna circunstancia externa, todas mis dificultades desaparecerían, caerían las murallas y dejarían al descubierto, al fin, un vasto campo de acción, de acción útil y bella y, sobre todo, dispuesta a que se cumpliese (yo no sabía en qué podía consistir tal acción, pero lo principal para mí era que estuviese enteramente dispuesta para su cumplimiento). Entonces, yo aparecía de pronto a la luz del día y me creía a lomos de un caballo blanco, con una corona de laurel en la frente. Ni me pasaba por la imaginación la posibilidad de desempeñar un papel secundario, y probablemente por eso admitía en la realidad resignadamente el último papel. O héroe o insignificante ser envuelto en lodo: no había término medio para mí. Esto era lo que me perdía; pues, desde el cieno, me consolaba soñando que en otros instantes yo era un héroe, y este héroe alumbraba el barro con su prestigio. El hombre corriente ha de evitar caer en el lodo; pero el héroe está situado a tal altura, que jamás podrá ensuciarse completamente. Por lo tanto, yo puedo revolcarme en el cieno.

Lo más notable es que estos impulsos «hacia lo bello y lo sublime» brotaban a veces en mí durante mis arrebatos de libertinaje, precisamente cuando me hallaba en el fondo del foso. Surgían como recuerdos y proyectaban un pálido resplandor. Pero no lograban disipar mis deseos; por el contrario, parecían excitarlos, gracias al efecto del contraste, que era precisamente lo que se necesitaba para hacer una buena salsa. Esta salsa se componía de contradicciones, sufrimientos y amargos análisis. Y todos estos tormentos, mayores o menores, daban cierto sabor picante a mi disposición e incluso le conferían cierto sentido. En una palabra, desempeñaban perfectamente el papel de una buena salsa. Todo esto no carecía de cierta profundidad. Pero ¿habría podido yo admitir una disipación ordinaria, el libertinaje llano y simple de un empleadillo cualquiera, y soportar pacientemente este horror? No, yo tenía siempre en reserva cierto modo nobilísimo de considerar las cosas. ¡Pero cuánto amor, Señor..., cuánto amor sentía palpitar en mí durante aquellos sueños, cuando sabía que me hallaba en los dominios «de lo bello y lo sublime»! Aunque aquel amor fuese fantástico, aunque no se pudiera aplicar a nada humano, rebosaba de tal modo en mí, que no echaba de menos esta falta de aplicación a la realidad: me parecía poco menos que un lujo inútil. Me volvía perezosa y voluptuosamente hacia el arte, es decir, hacia las bellas formas, ya completamente realizadas por los poetas, y a los novelistas, que nos las ceden en préstamo y que se adaptan fácilmente a todas las necesidades, a todas las exigencias. Gracias a ello, yo puedo, por ejemplo, triunfar sobre el universo entero. Todos se prosternan ante mí en el polvo y están obligados a admirar mis perfecciones, y yo perdono a todo el mundo. Siendo poeta y chambelán, me enamoro; recibo infinidad de millones, con los que obsequio inmediatamente al género humano, mientras confieso, ante el pueblo reunido, todas mis «ignominias», que no son, ni que decir tiene, ignominias ordinarias, pues todas contienen algo «de bello, de sublime», algo byroniano, dentro del género de Manfredo. Todos lloran y me besan (habrían sido imbéciles si no lo hubiesen hecho), y yo, descalzo y hambriento, me voy a predicar ideas nuevas y derroto por completo a los reaccionarios en Austerlitz. Acto seguido suena una marcha. Es la amnistía general. El Papa accede a ausentarse de Roma y trasladarse al Brasil. Luego, baile para toda Italia en la villa Borghese, la que está junto al lago Como, pues se ha transportado el lago a los alrededores de Roma para esta ocasión. Seguidamente, gran escena en los bosquecillos, etc. ¡En fin, ya saben ustedes lo que son estas cosas!

Me dirán que es estúpido e innoble exponer todo esto públicamente después de haberles confesado que derramaba lágrimas y tenía momentos de éxtasis. Pero ¿por qué es innoble, señores? ¿De verdad creen ustedes que todo eso me da vergüenza y que mis sueños son más necios que las cosas que les han ocurrido a ustedes en la vida? Además, créanme, ciertos hechos no estaban demasiado mal coordinados... Pero ocurrían a orillas del lago Como. Por lo demás tienen ustedes razón: ¡es estúpido, es innoble! Pero lo peor es que me estoy justificando ante ustedes. Y el hecho de que lo confiese es todavía más vil. ¡Bueno, basta ya! No acabaría nunca, pues siempre se encuentra el medio de descender más aún. Nunca pude prolongar mis sueños más de tres meses consecutivos, y para terminar, declararé que, invariablemente, volvía a sentir la necesidad irresistible de sumergirme en la sociedad de mis semejantes. Esto significaba visitar al jefe de mi negociado, Antón Antonovitch Sietochkin. Ésta fue la única persona en toda mi vida con la que sostuve relaciones regulares, cosa que todavía me causa asombro. Pero sólo iba a su casa cuando mis sueños me habían elevado de tal modo, que no tenía más remedio que estrechar en mis brazos a la humanidad entera, y para eso necesitaba por lo menos un verdadero ser humano, un hombre de carne y hueso. Sólo los martes se podía ir a casa de Antón Antonovitch. Era su día de recibo. Por consiguiente, yo tenía que reprimir mi sed de abrazos hasta ese día.

Antón Antonovitch vivía en las Cinco Esquinas, en el cuarto piso. Disponía de cuatro habitaciones diminutas, de techo bajo, amarillentas y cuyo aspecto pregonaba su baratura. Tenía dos hijas y una tía, que era la que servía el té. Una de las hijas contaba trece años; la otra catorce, y las dos tenían la nariz respingona. Estas niñas me intimidaban, pues no cesaban de cuchichear ni de emitir risitas ahogadas. El dueño de la casa estaba habitualmente en su despacho, sentado en un gran diván de cuero, ante una mesa redonda, en compañía de un señor de aspecto respetable, pero que era un simple funcionario de nuestro ministerio. Nunca me encontré allí con más de dos o tres personas, y siempre eran las mismas. Se hablaba de adjudicaciones, j cesiones, ascensos, nombramientos; de su Excelencia; de cómo hacerse simpático a la gente; etc. Yo tenía la paciencia de permanecer entre aquellas personas durante tres horas, como un tonto, sin atreverme a hablarles ni poder hacerlo, fuera cual fuere el asunto de que se tratase. Me daba cuenta de que iba convirtiéndome en un estúpido. Sudaba, temía quedarme paralítico. Pero aquello tenía también sus ventajas para mí, pues, ya de vuelta en mi casa, renunciaba durante algún tiempo a mi deseo de estrechar entre los brazos a la humanidad entera. También me relacionaba con Simonov, antiguo compañero de colegio. Tenía en Petersburgo varios antiguos condiscípulos más; pero había dejado de alternar con ellos, e incluso de saludarlos en la calle. Es más: acaso fue el deseo de no encontrarme con ellos, de olvidar todos los recuerdos de mi triste infancia lo que me impulsó a trasladarme a otro ministerio. ¡Maldecía a aquella escuela, a aquellos atroces años de cárcel! Por eso rompí con mis compañeros apenas terminé mis estudios. Sólo saludaba a dos o tres. Uno de ellos era Simonov. En la escuela no se había distinguido en nada y tenía un temperamento afable y reposado. Yo lo estimaba por su espíritu de independencia y por su honradez. Incluso no creo que fuese extremadamente torpe. Pasamos juntos muy buenos ratos. Pero nuestras buenas relaciones no duraron mucho: una especie de bruma las cubrió repentinamente. El recuerdo de aquella cordialidad molestaba sin duda a Simonov, que temía, en mi opinión, que yo intentara reanudar nuestro trato amistoso. Incluso me pareció que le repugnaba. Pero como no estaba seguro, seguía yendo de vez en cuando a su casa.

Y he aquí que un jueves, incapaz de soportar más tiempo mi soledad y sabiendo que los jueves la puerta de Antón Antonovitch estaba cerrada, me acordé de Simonov. Al subir la escalera que conducía a sus habitaciones del cuarto piso, precisamente entonces, caí en la cuenta de que mi visita podía molestar a Simonov y me dije que había hecho mal en ir a su casa. Pero como el resultado de esta clase de reflexiones era generalmente incitarme a hacer lo que no debía, entré resueltamente. Hacía un año que no había ido a casa de Simonov.

III

Acompañaban a Simonov dos de mis antiguos condiscípulos. Al parecer, estaban hablando de un asunto serio. Ninguno de ellos prestó atención a mi llegada, cosa verdaderamente extraña, ya que no nos habíamos visto desde hacía años. Me consideraban, evidentemente, como un ser insignificante, como una mosca. Ni siquiera en la escuela me trataban así, a pesar de que allí me detestaban. Comprendí que debían de despreciarme por haber fracasado en mi carrera, y también por mi aspecto miserable, por mis viejas ropas, que eran, a sus ojos, la prueba evidente de mi incapacidad y de mi desdichada situación. Sin embargo, no esperaba un desprecio tan ostensible. En cuanto a Simonov, se quedó pasmado al verme, aunque no era la primera vez que se asombraba de mis visitas. Todo esto me desconcertó. Me senté un poco irritado y me limité a escuchar lo que decían.

Hablaban con la mayor seriedad, e incluso con cierta pasión, de una comida de despedida que se proponían ofrecer a un camarada, a un oficial llamado Zverkov, que se marchaba a una provincia. El señor Zverkov había sido también compañero mío de colegio, y yo lo detestaba. Esta aversión aumentó en los cursos superiores. Desde muy niño fue un alumno educado y alegre, al que todos querían, todos menos yo, que precisamente no lo quería porque era alegre y educado. Desde el principio fue un mal estudiante, defecto que aumentó con los años. Sin embargo, logró terminar sus estudios gracias a las influencias. Ya estaba en los últimos cursos, cuando recibió en herencia una finca y doscientos siervos, y como nosotros éramos casi todos pobres, se complacía en ponemos en ridículo. Era un ser vulgar, pero, en definitiva, y a pesar de sus humos, un buen muchacho. Entre nosotros, en la escuela, no obstante los alardes de honor y dignidad que se hacían con un exceso de fantasía y de palabras, todos, excepto algunos, lo adulaban, lo que lo incitaba a darse más importancia todavía. Pero si giraban en tomo de él no era por interés, sino simplemente porque la naturaleza lo había favorecido con sus dones. Además, entre los estudiantes se consideraba Zverkov como un especialista en todo lo concerniente a la elegancia y a las buenas maneras. Y esto era lo que más me enfurecía. Detestaba el agudo sonido de su voz, llena de suficiencia; sus grandezas, de las que siempre se mostraba muy satisfecho, pero que eran verdaderas estupideces, pese a su facilidad de palabra. Detestaba su cara, bella pero inexpresiva (aunque ¡cómo me habría apresurado a cambiar aquella cara por la mía de hombre inteligente!), y sus modales desenvueltos, al estilo de los oficiales de 1840. Lo detestaba por los éxitos que confiaba en obtener con las mujeres (no se atrevía a emprender conquistas antes de haber alcanzado sus hombreras de oficial; por eso las esperaba con tanta impaciencia) y por los duelos que estaba seguro de librar. Recuerdo que una vez, rompiendo por excepción mi silencio, disputé violentamente con él. Zverkov hablaba a sus compañeros de sus futuras intrigas amorosas, y, entusiasmándose de tal modo que parecía un perrito revolcándose al sol, declaró de pronto que no dejaría intacta ninguna campesina joven de su finca, pues ejercería le droit du seigneur; y que si los campesinos se atrevían a protestar, los haría azotar y duplicaría los impuestos a aquellos «viles barbudos». Nuestros cobardes lo aplaudieron; pero yo lo ataqué violentamente, no porque compadeciera a las muchachas y a sus padres, sino simplemente porque me irritaba que semejante insecto cosechara éxitos de tal índole. Aquella vez triunfé; pero Zverkov, al que su necedad no impedía ser alegre e insolente, logró poner a los burlones de su parte, y de tal modo, que mi triunfo fue momentáneo: todos acabaron por reírse de mí. Desde entonces, más de una vez triunfó sobre mí, aunque sin maldad, bromeando, entre risas. Yo guardaba ante él un silencio despectivo. Cuando terminamos los estudios, tuvo conmigo algunos gestos amables; yo no los rechacé, porque ello me halagaba, pero pronto, y con la mayor naturalidad, nos distanciamos. Posteriormente me enteré de sus éxitos como oficial, de la vida alegre que llevaba. Y más adelante tuve noticia de su rápido ascenso. Dejó de saludarme cuando nos encontrábamos en la calle: sin duda temía comprometerse al cambiar el saludo con un ser tan insignificante como yo. Una vez lo vi en el teatro, en platea. Ya lucía las insignias de ayudante de campo. Rebullía en torno de las hijas de un viejo general. Pero durante los tres años que había dejado de verlo, había perdido mucho en presencia, ya que había engordado bastante. Sin embargo, conservaba sus bellas facciones y sus maneras elegantes. Se advertía que cuando cumpliese los treinta se hundiría completamente.

Este era el Zverkov al que acababan de desamar a provincias y a quien sus amigos proyectaban dar una cena de despedida. No habían interrumpido sus relaciones con él, aún considerándose -estoy seguro- inferiores al oficial. Uno de los visitantes de Simonov se llamaba Ferfitchkin. Era un ruso de origen alemán, escasa estatura y cara de mono; un necio que se burlaba de todo el mundo y que fue mi peor enemigo en la escuela desde las clases inferiores; un fanfarrón cobarde e insolente que aparentaba el amor propio más susceptible, pero que evidentemente no era más que un miserable. Pertenecía al grupo de admiradores de Zverkov, que lo adulaba interesadamente, ya que todos le pedían con frecuencia dinero prestado.

El otro visitante, Trudoliubov, no tenía nada digno de mención. Era militar. Un mocetón alto, rostro frío. Aunque honrado, se inclinaba ante el éxito, fuese éste cual fuera, y sólo sabía hablar de nombramientos, ascensos, etc. Era pariente lejano de Zverkov, y, por estúpido que esto pueda parecer, ello le confería cierto prestigio a los ojos de sus compañeros. A mí me consideraba como un ser insignificante, pero me trataba de un modo soportable, ya que no cortés. -Bueno, poniendo siete rublos por cabeza -declaró Trudoliubov- y, siendo tres como somos, reuniremos veintiún rublos. Por lo tanto, podremos cenar bastante bien. En cuanto a Zverkov, naturalmente, no tendrá que dar nada.

-¡Claro! ¡Es el invitado! -asintió Simonov.

-¿Cómo podéis creer -intervino Ferfitchkin con acento arrogante e insolente, como un lacayo descarado que se jacta de las consideraciones de su dueño-, cómo podéis creer que Zverkov admita que paguemos sólo nosotros? Aceptará nuestra invitación por delicadeza, pero nos ofrecerá champán, seis botellas seguramente.

-Demasiado champán para cuatro personas -comentó Trudoliubov, que sólo se había fijado en el número de botellas.

-En resumen, que somos tres a pagar, aunque, con Zverkov, seamos cuatro a cenar. Veintiún rublos. Hotel Perís. Mañana a las cinco -recapituló Simonov, al que se había encomendado la organización del banquete.

-¿Por qué veintiún rublos? -exclamé con cierta emoción, incluso sintiéndome un poco ofendido-. Si se me cuenta a mí también, no serán veintiuno sino veintiocho.

Yo creía que al hacer aquella oferta espontánea causaría gran efecto y todos se rendirían a mi generosidad. Esperaba miradas de admiración.

-¿De veras quiere usted ser del grupo? -preguntó Simonov, descontento, sin mirarme, porque sabía perfectamente cómo era yo.

Me exasperó que me conociera tan bien.

-¿Por qué no? -exclamé con voz ronca-. También yo fui compañero suyo. Es más, incluso me molesta que no me hayan informado a tiempo.

-¿Acaso conocíamos su paradero? -exclamó rudamente Trudoliubov-. Además, usted nunca ha estado en buenas relaciones con Zverkov -añadió con semblante sombrío.

Pero yo me había lanzado.

-Eso es un asunto privado en el que nadie tiene derecho a inmiscuirse -dije con voz temblorosa, como si se tratase de algo extraordinariamente importante-. Quizá precisamente porque no estamos en buenas relaciones, quiero...

-¡Cualquiera le entiende a usted con sus ideas elevadas! -exclamó Trudoliubov con una risita de burla.

-Contamos con usted -cortó Simonov volviéndose hacia mí-. Mañana a las cinco, en el Hotel París. No se equivoque.

-¿Y el dinero? -dijo Ferfitchkin a media voz a Simonov señalándome con un movimiento de cabeza. Pero se detuvo en seco, porque incluso Simonov se sintió molesto.

-¡Basta! -dijo Trudoliubov levantándose-. Puede venir, si tanto lo desea.

-Pero es que estaremos entre amigos -protestó Ferfitchkin, irritado-. No se trata de una reunión oficial. A lo mejor, su presencia...

Se marcharon. Al salir, Ferfitchkin ni siquiera me saludó. Trudoliubov inclinó casi imperceptiblemente la cabeza, Sin mirarme.

Simonov, con el que me quedé solo, parecía perplejo y molesto. Me miraba de un modo extraño. Ni se sentaba ni me invitaba a sentarme.

-Bueno, ya sabe: mañana. ¿Entregará hoy el dinero? Se lo pregunto para poder planearlo todo con seguridad -explicó rápidamente, muy confuso.

Enrojecí de cólera, pero, mientras enrojecía, me acordé de que le debía quince rublos desde hacía siglos, cosa que yo nunca había olvidado.

-Comprenda usted, Simonov, que al venir aquí no podía prever... Lamento de veras haberme olvidado de...

-¡Bah! No tiene importancia. Ya pagará usted mañana. Sólo lo he dicho para saber con certeza... En fin, no se preocupe...

Se calló de pronto y empezó a ir y venir por la habitación, cada vez más irritado, golpeando violentamente el suelo con los talones.

-¿Tiene usted algo que hacer? ¿Lo molesto? -pregunté tras unos minutos de silencio.

-¡Oh, no! -exclamó, como si volviera en sí de pronto-. Aunque, para serle franco, me tengo que acercar a... No está lejos de aquí -añadió, confuso y en un tono de excusa.

-¡Dios mío! ¿Por qué no me lo ha dicho antes? -exclamé cogiendo mi gorra con una desenvoltura que me había venido de Dios sabe dónde.

-No está lejos de aquí..., a dos pasos -repetía Simonov acompañándome hasta la puerta con una solicitud que no le cuadraba en absoluto-. -Así, pues, hasta mañana, a las cinco en punto -me gritó desde lo alto de la escalera.

No podía ocultar que se alegraba de que me fuera. En cambio, yo estaba furioso... ¿Por qué diablos me habría metido en aquel enredo? Rechinaba los dientes mientras iba a grandes zancadas por la calle. ¿Y todo por quién? ¡Por aquel cerdo de Zverkov! «Desde luego, no iré. ¡Sólo merecen que les escupa! Nada me obliga a ir. Avisaré a Simonov por carta.»

Pero lo que más me irritaba era mi seguridad de que iría, de que iría a toda costa, y que tanto más empeño pondría en ir cuanto menos me conviniera y más pudiese hacer el ridículo.

Había un importante obstáculo para que fuese: no tenía dinero. Todo mi capital eran nueve rublos, de los cuales debía entregar siete al día siguiente a mi criado, Apolonio, al que daba siete rublos al mes, naturalmente comiendo él por su cuenta.

Conocía bien su carácter, y no quería hacerlo esperar. (En algún momento tendré que hablar de este canalla, de esta inmundicia.) Y, sin embargo, yo sabía que no le pagaría y que iría a la cena.

Aquella noche tuve sueños espantosos. No era extraño, pues había estado todo el día oprimido por el recuerdo de los años de cárcel que habían sido mis años de estudio. Parientes lejanos, bajo cuya tutela estaba ya los que jamás he vuelto a ver, me abandonaron en aquella escuela. Cuando ingresé, mis parientes me habían convertido ya, a fuerza de reproches, en un muchacho taciturno, silencioso, de mirada hostil. Mis compañeros me acogieron con pérfidas burlas, porque no me parecía a ninguno de ellos. Yo no podía soportar las bromas, no podía acostumbrarme a ellos tan fácilmente como ellos se acostumbraban unos a otros. Los odié, pues, desde el principio y me encerré en un profundo orgullo, en el que había un algo de temor y mortificación. Me repugnaba la grosería de aquellos muchachos. Se reían cínicamente de mi casa, de mi aspecto estúpido. ¡Pero no se veían las caras de idiotas que tenían ellos! En aquella escuela, los rostros se transformaban hasta adquirir una expresión de imbecilidad. Vi ingresar a muchos chicos que entonces eran guapos y que años después tenían un no sé qué de repelente. Cuando llegaban a los dieciséis años, los observaba con una curiosidad sombría: la mezquindad de sus pensamientos, la imbecilidad que denotaban sus ocupaciones, sus conversaciones, sus juegos, me paralizaban de asombro. No comprendían ciertas cosas de gran importancia, no prestaban atención a las cosas más notables, y ello me impulsó a considerarme, en contra de mi voluntad, muy superior a ellos. No era en modo alguno la vanidad herida el motivo de mi actitud, y, ¡en nombre del cielo!, no me vengáis con esa objeción, tan repetida que ya me produce náuseas, de que yo soñaba despierto mientras ellos poseían ya el sentido de la realidad. ¡De ningún modo! No comprendían nada, no tenían el menor sentido de la realidad. Esto era precisamente lo que me parecía más despreciable en ellos. Por el contrario, acogían la realidad más evidente, la que, por decirlo así, entra por los ojos, con la más estúpida incomprensión. Es más, aunque sólo tenían dieciséis años, ya se inclinaban servilmente ante el éxito. De todo lo verdadero y justo, pero que estaba postergado y despreciado, se burlaban necia y cruelmente. Daban más valor a los diplomas que a la inteligencia. Tenían sólo dieciséis años, y ya ponían por encima de todo las sinecuras. Pero hay que pensar que a ello contribuían su estupidez y los malos ejemplos que los habían rodeado desde su infancia. Estaban monstruosamente corrompidos. Pero en ello había, evidentemente, algo externo, cierta afectación cínica, cuya lozanía juvenil se transparentaba a veces a través de su depravación. Sin embargo, incluso esta lozanía resultaba poco simpática, pues se manifestaba por medio de una especie de grosera sensualidad. Yo los odiaba, aún siendo quizá peor que ellos. Y ellos me pagaban con la misma moneda, sin ni siquiera disimular la repugnancia que les inspiraba. Yo no pensaba en atraerme su amistad. Por el contrario, sólo deseaba humillarlos. A fin de verme libre de sus burlas, me apliqué cuanto me fue posible, y así logré situarme entre los primeros. Esto los impresionó. Además, todos fueron advirtiendo poco a poco que yo había leído ya ciertos libros de los que ellos no sabían nada todavía, y que yo comprendía ciertas cosas (ajenas a nuestros cursos) completamente desconocidas para ellos. Lo comprobaban con una estupefacción irónica, pero aceptaban mi prestigio, y más aún al advertir que mis conocimientos habían atraído la atención de los profesores. Las burlas cesaron, pero la antipatía subsistió, y se establecieron entre nosotros relaciones de una frialdad oficial.

Al fin fui yo quien no pudo seguir resistiendo. Cuando tuve más años, sentía la necesidad de ir hacia los hombres, de tener amigos. Traté, pues, de aproximarme a algunos de mis compañeros. Pero había siempre cierta falsedad en nuestras relaciones, y éstas terminaban muy pronto. Sin embargo, llegué a tener un amigo. Pero yo era ya un déspota; pretendí dominar eternamente su espíritu, imbuirle el desprecio hacia quienes lo rodeaban; exigí de él que rompiese de modo definitivo, arrogante, con su medio ambiente. Mi amistad apasionada lo asustó. Lo trastorné hasta las lágrimas, hasta las convulsiones. Era un alma cándida y generosa. Y cuando se hubo entregado a mí por entero, lo detesté y lo rechacé. Fue como si sólo lo hubiese necesitado para apuntarme una victoria y adueñarme de su voluntad. Pero yo no podía vencerlos a todos. Mi amigo tampoco se parecía a ninguno de ellos: era una excepción. Cuando terminé mis estudios, me apresuré a renunciar a la carrera especial a que me habían destinado, a fin de romper todos los lazos con el pasado, poder maldecirlo y cubrirlo de ceniza... Después de todo esto, no sé por qué diablos seguí yendo a casa de Simonov.

Al día siguiente me desperté temprano; me levanté tan agitado como si la comida se hubiera de celebrar inmediatamente. Y es que estaba persuadido de que aquel día tenía que producirse un cambio radical en mi existencia. Probablemente, todo se debía a que se trataba de un hecho desacostumbrado. Y también hay que tener en cuenta que siempre que me enfrentaba con un acontecimiento, por insignificante que fuera, me hacía la ilusión de que iba a cambiar radicalmente mi existencia. Fui a la oficina como de costumbre, pero salí dos horas antes, con objeto de hacer los preparativos del caso. «Sobre todo -pensaba-, no debo ser el primero en llegar, no vayan a creer que estaba impaciente.» Tenía otras muchas preocupaciones además de ésta. Estaba agitadísimo, y esta agitación me debilitaba.

Limpié de nuevo mis botas. Apolonio no habría querido por nada del mundo limpiármelas dos veces el mismo día: habría considerado que esto era introducir el desorden en su servicio. Tuve que apoderarme subrepticiamente de los cepillos que estaban en la antecámara, a fin de evitar que Apolonio supiera que yo mismo me lustraba las botas, pues ello le habría movido a despreciarme. A continuación, examiné con todo cuidado mi traje, y me vi obligado a reconocer que estaba viejo. En verdad, me había entregado a una negligencia exagerada. Mi uniforme estaba bastante bien, decoroso, pero no podía ir a comer vestido de uniforme. Lo peor era que los pantalones tenían en una de las rodilleras una gran mancha amarilla. Preveía que esta mancha reduciría en nueve décimas partes mi dignidad. Pero sabía también que era bajo y vulgar pensar así. «Por otra parte ya no se trata de pensar: estamos en plena realidad.» Esto era algo que me decía, pero iba perdiendo el calor por momentos. Sabía muy bien que exageraba monstruosamente las cosas; pero ¿cómo remediarlo? Ya no era dueño de mi pensamiento: la fiebre me poseía.

Me imaginaba con desesperación el tono altivo y glacial con que me acogería el canalla de Zverkov; el estúpido desprecio con que me miraría Trudoliubov, y la risa descarada de Ferfitchkin, aquel insecto que querría adular a Zverkov. En cuanto a Simonov, lo comprendería todo y me despreciaría por la bajeza de mi vanidad y de mi cobardía. Además, y especialmente, ¡qué miserable, qué poco littéraire, qué trivial sería aquella reunión! Lo mejor habría sido, evidentemente, quedarse en casa. Pero esto era justamente lo más difícil. Cuando me acometía esta tentación, me rebelaba. Me habría burlado de mí mismo durante todo el resto de mi vida: «¡Vaya, hombre! ¡Tuviste miedo de la realidad! ¡Sí, miedo!» Precisamente lo que yo deseaba, lo que yo anhelaba era demostrar a aquella «morralla» que no era en modo alguno tan cobarde como parecía. En plena fiebre, soñaba con vencerlos, con triunfar, con cautivarlos, con obligarlos a estimarme aunque sólo fuese por «la elevación de mis pensamientos y por mi innegable y cáustico ingenio. Abandonarán a Zverkov, lo dejarán solo, silencioso y confuso en un rincón. Lo aplastaré. Seguidamente quizá tenga la condescendencia de reconciliarme con él; beberemos, nos tutearemos». Pero lo más irritante, lo más ofensivo era que yo sabía perfectamente que, en resumidas cuentas, no tenía necesidad de nada de aquello; que no deseaba en modo alguno aplastarlos, vencerlos, subyugarlos; que yo sería el primero en no dar un solo céntimo por aquella victoria en caso de obtenerla... ¡Oh, cómo imploraba a Dios que aquella velada pasara lo más rápidamente posible! Colmado de una angustia indecible, me acerqué a la ventana, abrí el cristal y traté de perforar con la mirada el opaco velo de nieve fundida que caía en gruesos copos.

Al fin, mi viejo y pequeño reloj de péndulo dio, como tosiendo, las cinco. Tomé mi sombrero, y procurando eludir la mirada de Apolonio, que esperaba su salario desde por la mañana, pero que, por su estupidez, no quería ser el primero en hablarme, me deslicé al exterior. Alquilé un hermoso trineo con los cincuenta copecs que me quedaban y llegué al Hotel París con aires de gran señor.

IV

Desde la víspera sabía que sería el primero en llegar. Pero no era eso lo que verdaderamente importaba entonces.

No sólo no había allí ninguno de ellos, sino que me fue en extremo difícil encontrar la sala que teníamos reservada. Aún no estaban puestos los cubiertos. ¿Qué significaba aquello? Después de muchas preguntas, me enteré por los camareros de que la comida estaba encargada para las seis y no para las cinco, cosa que me confirmó el maître d'hotel. Me sentí molesto conmigo mismo por haberles preguntado. Aún no eran más que las cinco y veinte. Si habían cambiado la hora debieron avisarme (para eso está el correo). Me habían afrentado ante mí mismo y ante la servidumbre. Me senté. El camarero empezó a poner los cubiertos, y, en su presencia, me sentí más irritado aún. Hacia eso de las seis, además de las lámparas que alumbraban ya la habitación, trajeron bujías; pero al criado no se le había ocurrido traerlas a mi llegada. En el comedor de al lado cenaban dos señores silenciosos y sombríos, cada uno en una mesa diferente. Pero en los lejanos salones había mucho ruido: oía gritos, risas, exclamaciones en mal francés, de un grupo de comensales, compuesto de caballeros y damas. Me sentía descorazonado. Pocas veces había pasado minutos tan desagradables. Tanto, que a las seis en punto, cuando aparecieron todos a la vez, me dispuse a acogerlos como salvadores: en los primeros momentos, incluso me olvidé de que debía mostrarme ofendido. Zverkov entró delante, como jefe de grupo. Todos reían, pero, al verme, Zverkov irguió la cabeza, avanzó hacia mí sin precipitarse, contoneándose como una mujer coqueta, y me tendió la mano con gesto amable, aunque no en exceso, con una especie de cortesía prudente, con esa cortesía de alto personaje que, al mismo tiempo que tiende la mano, parece protegerse de algún peligro. Yo esperaba que, por el contrario, cuando entrase se echaría a reír, como hacía siempre, con una risa aguda y chillona, y que soltase una de sus estupideces que consideraba como agudezas. Me estaba preparando para ello desde la víspera, pues en modo alguno esperaba un tono tan condescendiente, tan altivamente cortés. ¿Tan superior a mí y en todos los aspectos se consideraba? Si hubiese adoptado aquella actitud señorial para humillarme, la cosa no habría tenido importancia; yo le habría pagado con la misma moneda y asunto concluido. Pero ¿cómo responder a aquel hombre que no había pensado en modo alguno en ofenderme y en cuya estúpida cabeza de carnero se había introducido la idea de que era infinitamente superior a mí, y, por lo tanto, sólo podía hablarme en un tono protector? Al pensar en todo esto me latía con violencia el corazón.

-Me he enterado con asombro de su deseo de ser hoy de los nuestros -empezó a decir con voz jadeante y untuosa y subrayando las palabras, cosa que antes no hacía-. Hacía mucho tiempo que no nos veíamos. Nos evitaba usted, y hacía mal, porque no somos tan terribles como usted cree. Pero, sea como fuere, me alegro mucho de reestablecer...

Se volvió y, con un ademán negligente, lanzó su sombrero al alféizar de la ventana.

-¿Lleva mucho tiempo esperando? -preguntó Trudoliubov.

-He llegado a las cinco en punto, como quedó convenido ayer -respondí en voz alta y con una irritación que hacía prever un próximo estallido.

-¿Es que no le avisaste de que habíamos cambiado la hora? –preguntó Trudoliubov a Simonov.

-No. Se me olvidó -repuso éste, aunque sin mostrar ningún pesar. Luego, sin excusarse ante mí salió para dar las órdenes pertinentes.

-¿Conque hace ya una hora que está usted aquí? ¡Pobre chico! —exclamó burlonamente Zverkov, pues, para su modo de ser, aquello era sumamente divertido.

E inmediatamente, siguiendo su ejemplo, el miserable Ferfitchkin soltó una de sus risotadas repelentes, agudas y temblorosas. Me pareció un perro. Y él me consideró a mí como un ser ridículo.

-¡No veo nada de risible en eso! -dije, cada vez más irritado, a Ferfitchkin-. La culpa es de ellos, no mía. No me avisaron. Es... incomprensible.

-Incomprensible es poco -rezongó Trudoliubov tomando ingenuamente mi defensa-. Es usted demasiado indulgente. Ha sido una verdadera grosería, aunque no premeditada... ¿Cómo es posible que Simonov...? ¡Hum!

-Si a mí me hubiesen hecho una jugada así -comentó Ferfitchkin-, habría...

-Habría pedido algo al camarero -le interrumpió Zverkov-. O se habría puesto a comer sin esperamos.

-También yo habría podido hacerlo sin autorización de ustedes, reconózcanlo - declaré en un tono tajante-. Si los he esperado ha sido porque...

-¡A la mesa, señores! -exclamó Simonov, entrando--. Todo está listo. Garantizo champán. Está helado. No conozco su dirección. ¿Cómo podía avisarle? —me dijo volviéndose de pronto hacia mí pero sin mirarme.

Evidentemente tenía algo contra mí, ya que estaba pensando en el asunto desde el día anterior.

Nos sentamos. La mesa era redonda. Tenía a mi izquierda a Trudoliubov, y a mi derecha a Simonov. Zverkov estaba frente a mí, y Ferfitchkin, entre él y Trudoliubov.

-Dígame: ¿está usted en el ministerio? -me preguntó Zverkov, que, como ven, seguía dedicándome su atención.

Viéndome confuso, consideraba que era necesario mostrarse sociable conmigo y levantar mi ánimo. «Por lo visto quiere que le lance una botella a la cabeza», me dije, sintiendo que el furor se apoderaba de mí. Me irritaba con gran rapidez, sin duda a causa de mi falta de costumbre de alternar con las personas.

-Sí, pertenezco a la cancillería -respondí con voz ronca.

-Y... ¿ve usted alguna ventaja en ese empleo? Dígame: ¿por qué dejó sus anteriores ocupaciones?

-Porque estaba harto, sencillamente. Arrastraba las palabras mucho más que él. Apenas podía dominarme. Ferfitchkin se dedicó de lleno a su plato. Simonov me lanzó una mirada irónica. Trudoliubov dejó de comer y me miró fijamente, con curiosidad.

Zverkov tuvo un ligero sobresalto, pero fingió no darse cuenta de nada.

-¿Y los honorarios, qué? -¿Qué honorarios? -Su sueldo.

-Esto parece un examen.

Sin embargo, le dije lo que ganaba. Me sentía sonrojado hasta las orejas.

-No es una fortuna -comentó gravemente Zverkov.

-Desde luego, no podrá comer en restaurantes -remachó insolentemente Ferfitchkin.

-A mi juicio, ese sueldo es, sencillamente, una miseria -dijo, muy serio Trudoliubov.

-¡Y cómo ha enflaquecido usted, cómo ha cambiado desde entonces! – exclamó Zverkov, esta vez sin malicia, con una especie de compasión insolente y examinándonos a mí y a mi traje.

-¡Basta ya! Lo han confundido -dijo, burlón, Ferfitchkin.

-Sepa usted, señor, que no estoy confuso ni mucho menos -estallé al fin-. ¿Me oye? Como en el restaurante pagando de mi bolsillo, de mi propio bolsillo, téngalo en cuenta, señor Ferfitchkin, y no con dinero ajeno.

-¿Cómo? ¿Qué quiere usted decir? ¿Quién no come aquí pagando de su bolsillo?

Furioso, rojo como una langosta, Ferfitchkin me miró fijamente a los ojos.

-Lo he dicho por decir algo. -Comprendía que había ido demasiado lejos-. Por lo demás, creo que sería mejor hablar de cosas propias de personas inteligentes.

-¿Quiere usted deslumbramos con su inteligencia? -No se inquiete. En esta ocasión, tal intento sería completamente inútil.

-Pero ¿qué le pasa a usted? ¿A qué viene ese modo de gruñir? ¿Acaso lo ha vuelto loco su cancillería?

-¡Basta, señores, basta! -exclamó Zverkov con voz autoritaria.

-¡Cuánta tontería! -rezongó Simonov

-En efecto, todo esto es estúpido -dijo Trudoliubov dirigiéndose sólo a mí y en el tono más grosero. Esto es una reunión de amigos para despedir a un buen camarada y empieza usted a disputar. Fue usted quien solicitó formar parte del grupo. No rompa, pues, la buena armonía.

-¡Basta, basta! -gritó Zverkov- ¡Cálmense señores! Esto no está ni medio bien. En vez de discutir, escuchen: voy a contarles cómo estuve a punto de casarme anteayer.

Y Zverkov empezó a referir una aventura imbécil. Naturalmente, no se trataba de ningún casamiento, sino de un pretexto para citar generales, coroneles e incluso gentiles hombres de cámara, entre los que Zverkov desempeñaba casi siempre el papel principal. Los oyentes estallaban en risas de aprobación; Ferfitchkin incluso profería gemidos.

Todos me habían olvidado, y yo estaba solo, humillado, aplastado.

«¡Dios mío! -pensaba-. ¿Cómo puede convenirme esta compañía? ¡Qué papel tan estúpido acabo de hacer ante esta gente!

He consentido demasiado a Ferfitchkin. Los muy imbéciles creen que me han hecho un gran honor al admitirme en su mesa, y no piensan que soy yo, sí, yo, quien les hago honor a ellos... ¡He adelgazado!... ¡Y este traje!... ¡Malditos pantalones! Zverkov ha visto inmediatamente la mancha amarilla de la rodillera. Aquí no hay más solución que levantarse de la mesa, coger el sombrero y salir sin decir palabra. Así les demostraré mi desprecio. Estoy dispuesto a batirme en duelo mañana. ¡Los muy cobardes! No lo siento por los siete rublos, como ellos deben creer. ¡Que el diablo se los lleve! ¡No, no lo siento por los siete rublos! ¡Bueno, me voy!»

Naturalmente, no me fui.

Para ahogar mi pena, bebía grandes vasos de Laffite y Jerez, y como no estaba acostumbrado a la bebida, me embriagué rápidamente. Mi irritación crecía. De pronto, me dije que no me iría hasta haberlos insultado con la mayor insolencia. Elegiría el momento propicio y les demostraría lo que valgo. Después dirían: «¡Es ridículo, pero tan inteligente!...». Y los volví a mandar al diablo. Lancé por toda la mesa una mirada circular, con expresión insolente y turbia. Pero ellos parecían haberme olvidado por completo. Chez eux, había ruido y alegría. Zverkov seguía perorando. Presté atención. Hablaba de cierta hermosa dama que le había declarado su amor, de tal modo la había cautivado (naturalmente, mentía como un cazador). Y explicó que en su aventura le había ayudado uno de sus amigos íntimos, un joven príncipe, el húsar Kolia, dueño de tres mil siervos.

-Sin embargo, ese húsar que posee tres mil almas no está aquí; no ha venido a despedirle.

Estas palabras lanzadas en medio de la conversación general, provocaron un largo silencio.

-Está usted completamente borracho -dijo Trudoliubov, dignándose al fin a mirarme y haciéndolo despectivamente.

Zverkov me observaba en silencio, como se observa a un insecto raro. Bajé los ojos. Simonov se apresuró a servir champán.

Trudoliubov levantó su copa; los demás, excepto yo, siguieron su ejemplo.

-¡A tu salud, y para que tengas un feliz viaje! -dijo a Zverkov-. ¡En recuerdo de nuestros años de estudio, amigos, y por nuestro porvenir! ¡Hurra!

Todos bebieron y corrieron hacia Zverkov para abrazarlo. Yo me quedé en mi asiento. Mi copa seguía llena ante mí.

-¿Y usted? ¿Es que no va a beber? -aulló Trudoliubov volviéndose hacia mí con un gesto de amenaza.

-Quiero decir unas palabras, señor Trudoliubov. Luego beberé...

-¡Maldito sarnoso! -murmuró Simonov para sí. Me puse en pie y levanté mi copa. Tenía fiebre. Me disponía a hacer algo extraordinario, aunque no sabía lo que iba a decir.

-¡Silencio! -exclamó Ferfitchkin-. Al fin vamos a oír cosas inteligentes.

Zverkov esperaba, muy serio: sabía lo que iba a ocurrir.

-Señor teniente Zverkov --comencé-, sepa que detesto las frases bonitas y los uniformes ceñidos al talle. Éste es el primer punto. Vamos con el segundo.

Vi que todos se agitaban en sus asientos.

-Segundo punto: detesto a los que frecuentan los cotillones. Tercer punto: soy partidario de la verdad, la sinceridad, la honradez. -Hablaba maquinalmente, petrificado de horror, no comprendiendo cómo me atrevía a expresarme así-. Me inclino ante el pensamiento, señor Zverkov, ante la verdadera camaradería, en pie de igualdad... Bueno, pero esto no impide que también yo beba a su salud, señor Zverkov. Seduzca a las jóvenes circasianas, mate a los enemigos de la patria, y... ¡a su salud, señor Zverkov!

Zverkov se levantó, me hizo una inclinación de cabeza y respondió:

-Le estoy muy agradecido... Se sentía profundamente ofendido. Incluso palideció. -¡Que se vaya al diablo! -aulló Trudoliubov dando un fuerte puñetazo en la mesa.

-¡Hay que partirle la cabeza! -gritó Ferfitchkin con su penetrante voz.

-¡Debemos echarlo! -gruñó Simonov. -¡Ni una palabra, señores, ni un gesto! - exclamó solemnemente Zverkov, calmando el furor general-. Les doy las gracias a todos, pero yo mismo probaré a este caballero el valor que concedo a sus palabras.

-Señor Ferfitchkin -dije con acento teatral hacia él-. Mañana mismo me dará usted una satisfacción por las palabras que ha pronunciado hace un momento.

-¿Un duelo? -exclamó-. ¡Encantado!

Pero sin duda, estaba tan grotesco cuando desafié a Ferfitchkin, y el contraste de mis palabras con mi aspecto era tan extraordinario, que todos, incluyendo a Ferfitchkin, lanzaron una carcajada mientras se agitaban en sus asientos.

-En fin, déjenlo. Está borracho perdido -dijo Trudoliubov con una mueca de disgusto.

-Nunca me perdonaré haber consentido que viniera -rezongó Simonov.

«Ha llegado el momento de arrojarles una botella a la cabeza», pensé asiendo una botella que no estaba vacía... Pero lo que hice fue llenar de nuevo mi vaso. «No -les dije con el pensamiento--. Me quedaré hasta el fin. Ustedes se alegrarían de que los librara de mi presencia. ¡Pero no lo haré por nada en el mundo! Me quedaré y continuaré bebiendo para hacerles comprender claramente que no doy a esto ninguna importancia. Me quedaré y beberé, porque estamos en el restaurante y he pagado mi parte. Me quedaré y seguiré bebiendo, porque para mí son ustedes simples muñecos. Es más, considero que no existen. Beberé. Cantaré si se me antoja. Sí, cantaré; tengo perfecto derecho a cantar...»

Pero no canté. Mi única preocupación era no mirarlos. Adoptaba un aire desenvuelto y esperaba con impaciencia a que me dirigieran la palabra. Pero, ¡ay!, no me hablaban. Y, sin embargo, ¡cómo habría querido reconciliarme con ellos en aquel instante! Dieron las ocho, luego las nueve. Se levantaron de la mesa y se instalaron en el diván. Zverkov se recostó en busca de una butaca y puso los pies en un velador.

Colocaron a su alcance tres botellas y vasos. Zverkov había ofrecido a sus amigos tres botellas de champán. A mí, naturalmente, no me invitaron. Todos se reunieron alrededor de Zverkov. Lo escuchaban con veneración. Era evidente que lo apreciaban. ¿Por qué? ¿Por qué?, me preguntaba. A veces, en los arrebatos de su embriaguez, cambiaban besos. Hablaban del Cáucaso, de la verdadera pasión, de las ventajas del servicio militar, de los ingresos del húsar Podaryevsky, a quien ninguno de ellos conocía, y se alegraban visiblemente de que aquellos ingresos fuesen importantes. Hablaron también de la gracia y de la belleza de la princesa D..., a quien tampoco conocían, pues ni siquiera la habían visto una sola vez. Al fin le tocó el turno a Shakespeare, al que declararon inmortal.

Yo sonreía con desprecio, yendo de la mesa a la chimenea y de la chimenea a la mesa, a lo largo de la pared frontera al diván. Quería demostrarles que podía pasar perfectamente sin ellos. Sin embargo, al andar martilleaba intencionadamente el suelo con los tacones. Pero todo fue inútil. No me prestaban la menor atención. Tuve la paciencia de estar yendo y viniendo entre la mesa y la chimenea desde las ocho hasta las once. «Paseo porque se me antoja, y nadie puede prohibírmelo. "El camarero que nos servía se detuvo varias veces para mirarme con curiosidad. La cabeza me daba vueltas, y creo que, en ocasiones, incluso deliré. Tres veces me cubrí por completo de sudor en el curso de aquellas tres horas, y tres veces volví a quedar enteramente seco. En ciertos instantes me sentía traspasado cruelmente por el amargo pensamiento de que me acordaría siempre, con un sentimiento de disgusto y humillación, transcurridos diez años, transcurridos cuarenta, de aquellos minutos que fueron los más innobles, los más ridículos, los más horribles de mi vida. Verdaderamente, era imposible una autohumillación más pérfida y más deliberada. Me daba perfecta cuenta de ello, pero proseguía mis paseos entre la mesa y la chimenea. «¡Si supierais, por lo menos, de qué sentimientos, de qué pensamientos soy capaz! ¡Si supierais lo inteligente que soy!», pensaba yo a veces, dirigiéndome mentalmente a mis enemigos instalados en el diván. Pero éstos se conducían exactamente como si yo no existiese. Sólo una vez se volvieron hacia mí. Fue cuando Zverkov empezó a hablar de Shakespeare, y yo lancé una carcajada despectiva. Mi risa fue tan falsa, tan ruin, que ellos interrumpieron repentinamente su conversación y estuvieron siguiendo durante un par de minutos, con tanta seriedad como curiosidad, mis paseos a lo largo de la pared sin prestarles la menor atención. Pero no conseguí nada; no me dirigieron la palabra, y, dos minutos después, me habían olvidado de nuevo. Dieron las once.

-¡Señores! -exclamó Zverkov levantándose- ¡Ahora vamos todos la has!

-¡Eso, eso! -aprobaron los demás. Me volví repentinamente hacia Zverkov. Me sentía abrumado, aplastado hasta el punto de estar dispuesto a todo, incluso a matarme, para poner fin a aquella situación. Tenía fiebre, el pelo, empapado en sudor, se me pegaba a la frente, a las sienes.

-Zverkov, le ruego que me perdone -dije resueltamente-. También a usted, Ferfitchkin, y a todos, pues a todos los he ofendido.

-¡Vaya! Por lo visto, tiene miedo a batirse -dijo Ferfitchkin con su pérfida vocecita.

Sentí un mazazo en el corazón. -No, no temo al duelo. Estoy dispuesto a batirme con usted mañana, incluso si nos reconciliamos. Es más, deseo que se lleve a cabo el desafío. No me niegue usted ese favor. Quiero probarle que el duelo no me da miedo. Usted tirará primero. Después, yo dispararé al aire.

-Por lo visto, esto le divierte --comentó Simonov.

-¡Cuánta tontería! -exclamó Trudoliubov.

-¡Bueno, apártese de una vez! No nos deja pasar... En definitiva, ¿qué quiere usted? -preguntó Zverkov, despectivo.

Todos tenían el rostro congestionado y los ojos brillantes: habían bebido demasiado.

-Quiero su amistad, Zverkov. Lo he ofendido y... -¿Qué usted me ha ofendido? ¿Usted? ¿A mí? Sepa usted, caballero, que usted no puede ofenderme nunca, en ningún caso...

-¡Basta! ¡Lárguense! --concluyó Trudoliubov-. ¡Vámonos ya, señores!

-¡Olimpia para mí! ¿De acuerdo? -exclamó Zverkov. -¡Sí, sí, de acuerdo! – le respondieron entre risas. Permanecí inmóvil, aplastado. El grupo hizo una salida ruidosa. Trudoliubov cantaba una estúpida tonadilla. Simonov se rezagó momentáneamente para dar las propinas a los camareros. De pronto me acerqué a él.

-¡Simonov, présteme seis rublos! -le dije, con la resolución del desesperado.

Me miró, estupefacto y con ojos turbios: también él estaba ebrio.

-¿Cómo? ¿Acaso pretende venir là bas con nosotros?

-¡Sí!

-No tengo dinero -repuso Simonov tajante y con una sonrisa de desprecio.

Luego se dirigió a la puerta.

Me aferré al faldón de su capa. Aquello era una verdadera pesadilla.

-¡Simonov! He visto que tenía usted dinero. ¿Por qué me lo niega? ¿Acaso soy un miserable? ¡No me lo niegue! ¡Si usted supiera, si usted pudiese saber por qué se lo pido! ¡Todo mi porvenir, todos mis planes dependen de esos seis rublos!

Simonov sacó el dinero del bolsillo y casi me lo arrojó a la cara.

-¡Tómelos, ya que tiene tan poca dignidad! -me dijo despiadadamente. Y corrió a reunirse con el grupo.

Me quedé solo, y así estuve un momento. ¡Qué gran desorden me rodeaba!

Restos de comida, vasos rotos, vino derramado, colillas. La angustia me oprimió el corazón, el humo de la embriaguez invadió mi cabeza... y allá lejos estaba aquel criado que lo veía todo, lo oía todo y me miraba fijamente, con curiosidad.

-¡Adelante! -exclamé-. O imploran todos de rodillas y besándome los pies que les conceda mi amistad, o... ¡o le daré una bofetada a Zverkov!

V

-Al fin llegó. Ya está aquí el conflicto con la realidad -farfullaba yo para mí mientras bajaba la escalera de cuatro en cuatro escalones-. Esta vez no se trata ya del viaje del Papa al Brasil ni de un baile a orillas del lago Como.

«¡Soy un miserable! ¡Burlarme de eso en este momento!... Pero ¿qué importa, si ya está todo perdido?»

Mis enemigos habían desaparecido sin dejar rastro, pero yo sabía perfectamente dónde los podía encontrar.

Vi un trineo solitario, uno de esos trineos que hacen el servicio nocturno. El cochero llevaba una hopalanda de buriel espolvoreada de nieve fundida. La humedad era asfixiante. El caballejo era bayo, tenía el pelo erizado, estaba también cubierto de una capa de nieve y tosía. Lo recuerdo todo perfectamente. Corrí hacia el trineo, pero apenas puse el pie en el interior, recordé el desprecio con que Simonov me había entregado el dinero, y me sentí tan aniquilado, que caí como un saco en el fondo del trineo.

«¡No será nada fácil lavar todo esto! -me dije-. Pero lo lavaré o moriré esta misma noche. ¡Adelante!»

Nos pusimos en camino. Las ideas se arremolinaban locamente en mi cabeza.

«Desde luego, no me pedirán de rodillas que les conceda mi amistad. Esto no es más que un espejismo, un espejismo estúpido, romántico, fantástico; es siempre el mismo baile junto al lago Como. Por consiguiente, estoy obligado a darle una bofetada a Zverkov. Sí, he de darle una bofetada.»

-¡Más de prisa! ¡Más de prisa! El cochero tiró de las riendas.

«Apenas llegue, lo abofeteo. ¿Debo decir algunas palabras a modo de prefacio de las bofetadas? No. Entro y lo abofeteo. Estarán todos reunidos en la sala, y Zverkov, sentado en el diván con Olimpia. ¡Maldita Olimpia! Un día se burló de mi cara e incluso se negó a seguirme. La cogeré del pelo y la arrastraré. Luego le tiraré de las orejas a Zverkov. No, será mejor atenazarlo por la punta de una oreja y obligarlo, a tirones, a dar la vuelta a la sala. Seguramente, todos se arrojarán sobre mí, me golpearán y me echarán a la calle. ¡Pero no importa! Habré sido yo el primero en pegar. Habrá sido mía la iniciativa, y, según las reglas del honor, con eso basta. Él quedará marcado, y para lavar ese oprobio no tendrá más medio que batirse conmigo. Se verá

57/91

obligado a batirse. ¿Qué me importa que se arrojen sobre mí? Sí, ¿qué me importa? ¡Los muy ingratos! Los golpes de Trudoliubov serán durísimos: ¡es tan fuerte! Ferfitchkin me atacará a traición y me cogerá por los pelos, no me cabe duda. Pero no importa. Estoy decidido a todo. Sus cerebros de carnero no tendrán más remedio que comprender al fin el lado trágico de esta aventura. Cuando me arrastre hacia la puerta, les gritaré que valen menos que mi dedo meñique.»

-¡Más de prisa, cochero! ¡Más de prisa!

El cochero se sobresaltó y utilizó el látigo. Verdaderamente mi grito había tenido algo de salvaje.

«¡Nos batiremos al despuntar el día! Es cosa resuelta. Perderé mi empleo. Pero ¿de dónde sacaré las pistolas? ¡Todo que fuera eso! Pediré un anticipo sobre mi sueldo y las compraré. ¿Y la pólvora? ¿Y las balas? De eso se encargarán los testigos. ¿Que no tengo amistades? ¡No importa! -me dije con ardor creciente-. Al primer transeúnte que me tropiece en la calle le pediré que sea mi testigo, y tendrá que aceptar, del mismo modo que está obligado a sacar del agua a un hombre que se ahoga. En estos casos se admiten las soluciones más extravagantes. Incluso podría pedir a nuestro director que me asistiese en este duelo. Él tendría que aceptar, aunque sólo fuera por espíritu caballeresco. Además, habría de guardar el secreto. Y en cuanto a Antón Antonovitch...» Pero en ese instante comprendí con claridad meridiana todo lo que había de abominable y ridículo en mis suposiciones. Vi el reverso de la medalla. Pero...

-¡Más de prisa, cochero! ¡Fustiga, canalla, fustiga! -¡Ay, señor! -exclamó, quejumbroso, el «representante de la fuerza inculta».

De pronto, un frío de hielo cayó sobre mí. «¿No sería mejor..., no sería mejor regresar derecho a casa? ¡Oh, Dios mío! ¿Por qué habré venido a esta cena? ¡Pero ya no hay remedio! ¿Y mi caminata de tres horas entre la mesa y la chimenea? No, tiene que pagarme ese oprobio.»

-¡Fustiga cochero!

«¿Y si me entregan a la policía? No, no se atreverán. Temerán el escándalo. ¿Y si Zverkov, para acentuar su desprecio hacia mí, se niega a batirse? Estoy seguro de que lo hará. Pero yo les demostraré... ¡Sí, corro a la posta en el momento de su partida, lo agarro por la pierna y le arranco la capa cuando esté subiendo al coche! Luego le clavo los dientes en la mano, le muerdo. «¡Mirad todos lo que puede hacer un hombre desesperado!» Tal vez él me golpee la cabeza. Desde luego, los demás se me echarán encima por la espalda. Pero no importa. Les gritaré a todos: «¡Fijaos en este bribón! ¡Se marcha para seducir a las circasianas con mi salivazo en pleno rostro!»

«Después, naturalmente, se acabará todo. Me quedaré sin empleo. Me detendrán, me juzgarán, me expulsarán del ministerio, me meterán en la cárcel, me enviarán a Siberia. Pero ¿qué importa? Quince años después, cuando me pongan en libertad, cuando sea un hombre destrozado, miserable, volveré a encontrar sus huellas. Lo hallaré en una capital de provincias cualquiera. Estará casado y será feliz. Tendrá una nieta... Le diré: "¡Mira, monstruo! ¡Mira mis pálidas mejillas y mis harapos! Lo he perdido todo: la felicidad, la carrera, el arte, la ciencia, la femme aimée... y todo por culpa tuya. Mira estas pistolas. He venido a descargar la mía y... a perdonarte". Entonces dispararé al aire y desapareceré sin dejar rastro.»

Incluso lloraba a lágrima viva, a pesar de que en aquel mismo momento me di cuenta de que todo esto era de Silvio, novela de Pushkin. Mascarada, drama de Lermontov. Y de pronto sentí una profunda vergüenza, una vergüenza tal, que dije al cochero que se detuviera, salí del trineo y permanecí unos instantes en medio de la calle, con los pies hundidos en la nieve.

El cochero me miraba asombrado, lanzando profundos suspiros.

Me preguntaba qué debía hacer. Imposible ir allá abajo. Evidentemente, no conseguiría nada. Pero también era imposible dejar las cosas como estaban: sería demasiado... ¡Dios mío! ¿Cómo renunciar a aquello después de tantos insultos? ,

«¡No! -me dije saltando de nuevo al interior del trineo-. Es mi destino.»

-¡De prisa, de prisa! ¡Adelante! En un arrebato de impaciencia, asesté al cochero un puñetazo en la espalda.

-¿Qué le pasa? ¿Por qué me pega? -gritó el hombre mientras daba un fuerte latigazo al jamelgo que empezó a trotar.

La nieve caía en grandes copos, pero yo llevaba abierta mi capa, pues, absorto en mis pensamientos, estaba fuera de la realidad. Acababa de decidirme por la bofetada, y me decía, horrorizado, que esto iba a ocurrir immanquablement, tout de suite, y que nulle force ne pourrait plus arreter les événements. Los faroles del alumbrado brillaban lúgubremente, aquí y allá, en la niebla nívea, semejantes a las antorchas de los entierros. La nieve había penetrado bajo mi capa y bajo mi redingote y se había acumulado debajo de mi corbata, donde se iba fundiendo. Pero yo no me tapaba. ¿Para qué, si ya estaba perdido? Llegamos al fin. Salté del trineo, enloquecido. Subí a zancadas los escalones del pórtico y empecé a golpear con pies y manos. Sentí una extrema debilidad en las piernas, sobre todo en las rodillas. Me abrieron con sorprendente rapidez, como si me estuviesen esperando (y, en efecto, Simonov había dicho que probablemente llegaría otro visitante, pues en aquella casa era preciso avisar y tomar otras precauciones. Era una de esas «tiendas de modas» que la policía cerró algún tiempo después. Durante el día era una verdadera tienda, pero los recomendados podían pasar allí la noche). Atravesé rápidamente y entré en la sala de recepción, que conocía bastante bien y donde en aquel momento sólo ardía una bujía. Me detuve, desconcertado: no había nadie.

-¿Dónde están? -pregunté a una persona que entró. Ya se habían ido.

Ante mí estaba plantada la patrona, con una sonrisa tonta en los labios. Yo no era para ella un desconocido.

Un instante después, la puerta se abrió y entró alguien. No presté atención a la persona que acababa de llegar.

Me paseaba por el salón y me parece que hablaba conmigo mismo. Tenía la impresión de que me había librado de la muerte, y todo mi ser flotaba en un mar de gozo. Lo habría abofeteado sin ningún género de duda. De eso estoy absolutamente seguro. Pero ya no estaban. Todo había cambiado. Miraba en todas direcciones. No acertaba a comprender lo que ocurría. Alcé maquinalmente los ojos hacia la persona que acababa de entrar. Entreví un rostro joven, fresco, algo pálido, de cejas sombrías y rectas, de mirada grave, en la que había un algo de asombro. Esta seriedad me gustó. La habría detestado si hubiese sonreído. La miré más detenidamente, no sin cierto esfuerzo, pues me costaba trabajo concentrar mis ideas. Había en aquel rostro una expresión ingenua y bondadosa, pero extrañamente grave.

Estoy seguro de que esta seriedad le acarreaba disgustos en el establecimiento y de que ninguno de aquellos imbéciles se había fijado en ella.

Por lo demás, no se podía decir que fuese una belleza; pero era alta y fornida y estaba bien proporcionada. Vestía con sencillez. Sentí un mordisco de perversidad en el corazón y me acerqué a ella.

Entonces me vi en el espejo. Mi trastornado rostro me pareció repulsivo. Era un rostro pálido, vil, rencoroso, coronado por unos cabellos en desorden. «Mejor -pensé-. Me alegro. Le pareceré repulsivo, y esto me complace.»

VI

Al otro lado del tabique empezó a roncar un reloj. Se diría que era un hombre al que apretaban violentamente por la garganta. A este ronquido considerablemente largo siguió un agudo y ridículo campanilleo, tan claro, que daba la impresión de que alguien había avanzado de pronto. ¡Eran las dos! Volví a la realidad. No estaba durmiendo, pero sí sumido en una especie de sopor. La oscuridad era casi absoluta en aquella habitación reducida, de techo bajo y tan repleta de muebles, que apenas se podía uno mover. Había allí un gran armario ropero, sombrereras, vestidos tirados en desorden, trozos de ropa. El cabo de vela que ardía en un rincón, sobre una mesa, se consumía y sólo emitía ya un débil resplandor. Transcurridos unos minutos, la oscuridad sería completa. Volví en mí rápidamente. Me acordé de todo inmediatamente, sin esfuerzo, como si mis recuerdos estuvieran esperando mi despertar para precipitarse sobre mí. Por otra parte, incluso cuando estaba aletargado, persistía en mi cerebro una especie de idea fija de la que no podía librarme y alrededor de la cual giraban pesadamente mis pensamientos. Pero me ocurrió algo extraño: al despertar, todo lo que me había sucedido aquel día me pareció que había pasado hacía mucho tiempo, que había vivido aquellos hechos años atrás. Tenía la cabeza pesada. Me parecía que algo giraba sobre ella, rozándola. Esto me inquietaba y me excitaba. La angustia y la cólera hervían de nuevo en mi interior y buscaban una salida. De pronto vi a mi lado dos ojos muy abiertos que me miraban fijamente, con obstinada curiosidad. Aquella mirada era glacial, sombría, indiferente; parecía proceder de muy lejos y producía una impresión en extremo desagradable.

Una idea oscura surgió en mi espíritu y comunicó a todo mi cuerpo una sensación ingrata, semejante a la que se experimentaría al penetrar en un subterráneo húmedo, asfixiante. No me pareció natural que aquellos ojos hubieran empezado a examinarme entonces, en aquel instante. Recuerdo también que en las dos horas que acababan de transcurrir no había cruzado una sola palabra con aquella joven y que ni siquiera me había parecido necesario hacerla. Por el contrario, aquel silencio me producía cierto placer. Y en aquel momento vi claramente la sinrazón, la fealdad del desenfreno que, sin amor, brutal e impúdicamente, empieza, sin ningún preámbulo por el acto que corona el verdadero amor. Nos estuvimos mirando un buen rato, y ella sostuvo mi mirada sin que cambiara la expresión de la suya, tanto que acabé por sentir cierta inquietud.

-¿Cómo te llamas? -le pregunté bruscamente, para poner término a aquella situación.

-Lisa me respondió casi en un susurro, pero sin ninguna amabilidad y apartando sus ojos de los míos.

Enmudecí.

-¡Qué mal día hace!... Nieve y más nieve... ¡Es triste! -dije después, como hablando conmigo mismo y cruzando con gesto melancólico los brazos debajo de la nuca-. Fije la vista en el techo.

Ella no me respondió. Su silencio me mortificaba.

-¿Eres de aquí? -le pregunté con cierta irritación y volviéndome ligeramente hacia ella.

-No.

-¿De dónde has venido?

-De Riga -repuso con un gesto de repugnancia.

-¿Eres alemana?

-No, rusa.

-¿Llevas mucho tiempo aquí?

-¿Dónde?

-En esta casa.

-Desde hace dos semanas.

Su voz era cada vez más ronca. La vela se había apagado. Ya no me era posible distinguir su rostro.

-¿Tienes padres?

-Pues... sí.

-¿Dónde están?

-En Riga.

-¿Qué hacen?

-Nada de particular.

-Bueno, pero ¿a qué se dedican, de qué viven?

-Son pequeños burgueses.

- ¿Vivías con ellos?

-Sí.

-¿Qué edad tienes?

-Veinte años.

-¿Por qué los dejaste?

-Cosas de la vida.

Esta contestación significaba: «Déjame tranquila; no tengo humor para nada».

Los dos enmudecimos.

Sólo Dios sabe por qué no me iba. Tampoco yo tenía humor para nada. Estaba angustiado. Sin que yo hiciera el menor esfuerzo mental, por impulso propio, las imágenes del día que acababa de transcurrir pasaban y volvían a pasar en desorden ante mi memoria. Recordé de improviso una escena que había presenciado en la calle cuando me dirigía, absorto, al ministerio.

-Esta mañana sacaron un ataúd, y poco faltó para que se les cayera.

Dije esto en voz alta, pero sin darme cuenta. No pretendía en modo alguno reanudar la conversación.

-¿Un ataúd?

-Sí, en la plaza del Heno. Lo sacaron de un sótano.

-¿De un sótano?

-Sí, de una habitación del subsuelo... Bueno, ya comprenderás: de una casa de mala nota... ¡Cuánta porquería alrededor! Escombros, basuras... ¡Cómo apestaba aquello! ¡Era horrible!

Silencio.

-En un día como éste es muy desagradable enterrar a los muertos -dije, sólo para no estar callado.

-¿Por qué?

-El frío, la humedad...

Bostecé.

-¿Eso qué importa? -dijo Lisa de pronto, tras una pausa.

-Es un espectáculo muy triste. -Y bostecé de nuevo-. Los enterradores lanzan tacos porque la nieve los empapa y las fosas, naturalmente, están llenas de agua.

-¿Por qué es natural que haya agua en las fosas? -preguntó Lisa con cierta curiosidad pero en un tono todavía más seco y áspero que antes.

De pronto sentí que algo despertaba en mí.

-¿Cómo que por qué? Siempre hay quince centímetros de agua en las fosas del cementerio de Volkovo.

-¿Por qué?

-Pues porque el suelo está lleno de agua: por todas partes hay pantanos. El ataúd se deposita sobre el agua. Lo he visto muchas veces.

(Nunca lo había visto; es más, nunca había estado en el cementerio de Volkovo. Pero lo había oído contar.)

-¿De veras no te importa morir?

-¿Por qué he de morir? -respondió Lisa, como defendiéndose.

-Un día u otro morirás. Y tu muerte será como la de ésa de que acabo de hablarte. También ella era una muchacha... Murió de tisis.

-Esa clase de chicas mueren en un hospital... «Lo sabe todo», pensé. Y dije: -Le debía mucho a su patrona.

La conversación me excitaba cada vez más.

-Por eso -añadí- siguió trabajando, a pesar de su tisis, hasta el límite de su vida. Los cocheros que andaban por allí hablaban de la difunta con los soldados.

Seguramente habían sido amigos de ella. Entre risas, se invitaban a beber en su memoria en la taberna (una taberna muy frecuentada por mí). Silencio, un silencio profundo. Lisa estaba completamente inmóvil.

-Has nombrado el hospital. ¿Es que allí se muere mejor?

-Ni mejor ni peor. Pero ¿por qué he de morir? -repuso, enojada.

-No en seguida: más adelante.

-Habrá de pasar mucho tiempo.

-¡No lo creas! Ahora eres joven y bonita, y por eso te aprecian aquí. Pero al cabo de un año de llevar esta vida será muy diferente: te habrás marchitado.

-¿Al cabo de un año?

-Por lo menos, en un año perderás mucho -insistí pérfidamente-. Tendrás que dejar esta casa por otra peor. Y, transcurrido otro año, habrás de pasar a una tercera, inferior a la segunda, y esto continuará, de modo que, al cabo de seis o siete años, estarás en los sótanos de la plaza del Heno. Y esto podrá pasar. Lo malo será si te pones enferma..., si te enfrías y enfermas del pecho... O cualquier otro mal... Viviendo como vives, la enfermedad se agravará. Nunca podrás curarte. Por lo tanto, morirás.

-Bueno, ¿y qué? -replicó irritada, con una sacudida de todo su cuerpo.

-¿No te parece triste?

-¿Qué tengo que perder?

-¡La vida! Silencio.

-¿Tenías novio?

-¡A usted qué le importa!

-No me interesa saberlo. Son cosas que no me incumben. No te enfades. Es evidente que has tenido contrariedades. Cierto es que esto no me importa, pero me compadezco.

-¿De quién?

-De ti.

-No vale la pena -dijo en voz muy baja y otra vez se agitó todo su cuerpo. Este desdén me irritó. ¡Tan amable como había sido con ella, en cambio, me...!

-Pero ¿qué te has creído? ¿Te imaginas que vas por buen camino?

-No me imagino nada.

-Eso es lo malo. ¡Vuelve en ti! ¡Todavía estás a tiempo! Sí, todavía estás a tiempo. Eres joven y bonita. Puedes querer, casarte, ser feliz...

-No todas las casadas son felices -dijo Lisa con su habitual aspereza.

-No todas, ciertamente. Sin embargo, cualquier cosa es mejor que permanecer aquí. No hay comparación posible. Cuando se ama, incluso se pude prescindir de la felicidad. La vida es bella aún cuando se sufre. Vivir es grato, cualquiera que sea la clase de vida. ¡En cambio, esto...! ¡Es una podredumbre, un horror!

Le volví la espalda, contrariado. Ya no razonaba fríamente. Empezaba a sentir lo que decía, y hablaba con ardor creciente. Me dominaba el deseo de exponer las modestas pero queridas ideas que había incubado en mi rincón. Algo se había encendido en mí de pronto, y esta luz mostraba a mis ojos un objetivo.

-No hagas caso de mi presencia. No debes tomar ejemplo de mí. Quizá sea peor que tú. Además, estaba borracho cuando vine.

Me disculpé de ello y proseguí.

-La mujer no puede seguir al hombre. Son completamente distintos. Yo me mancho, me ensucio cuando estoy aquí, pero no soy esclavo de nadie. Entro, pero luego salgo, y cuando estoy fuera, me sacudo, y ya soy otro completamente distinto. ¡En cambio, tú..., tú eres una esclava! Sí, una esclava. Has renunciado a todo, incluso a tu voluntad. Más adelante querrás romper estas cadenas, pero te será imposible. Te ceñirán cada día más estrechamente. Sí son estas malditas cadenas. Las conozco. No te diré nada más sobre este asunto. Seguramente no me comprenderías. Pero dime, sé franca: ¡verdad que ya estás en deuda con tu patrona? ¿Ves como sí? -añadí, aunque ella no me había respondido pues se limitaba a escucharme en silencio, con ávida atención-. Ahí tienes la primera cadena. Jamás podrás librarte de ella. Ya se las arreglarán para que no puedas. Es como si hubieses vendido tu alma al diablo... En fin, ¿qué sabes tú de todo esto? Tal vez soy tan desgraciado como tú y me hundo en el lodo para olvidar mi sufrimiento. Unos buscan el olvido en la bebida; yo o busco viniendo aquí. Dime: ¿está esto bien?.. Nos hemos acostado sin decimos ni una sola palabra. Sólo cuando has empezado a observarme con expresión salvaje te le mirado también yo. ¿Es así como se ama? ¿Es así como el hombre y la mujer deben unirse? Esto es sencillamente repulsivo.

-¡Sí! -se apresuró Lisa a afirmar secamente.

La precipitación con que pronunció este «sí» me asombró. De ello deduje que mi juicio le rondaba también a Lisa por la cabeza mientras me miraba fijamente de cuando en cuando. «Por lo tanto, es capaz de tener ideas. ¡Diablos!, esto se pone interesante. Posee cierta inteligencia», me decía, casi frotándome las manos. ¿Cómo, pues, no llegar hasta los confines de un alma tan joven?

Este juego me atraía cada vez más.

Avanzó la cabeza hacia mí. En la oscuridad me pareció que la apoyaba en sus manos. ¿Me estaba observando? Sentía de veras no poder distinguir sus ojos. Oía su profunda respiración.

-¿Por qué viniste aquí? -le pregunté con cierta rudeza.

-Las cosas...

-Sin embargo, ¡qué bien estabas en casa de tus padres! ¡Allí todo era tibio y cómodo! Aquello era tu nido.

-¿Y si allí se estuviera todavía peor que aquí?

«Hay que encontrar el tono justo -me dije-. Con sentimentalismos no conseguiré casi nada.»

Pero esta idea pasó vertiginosamente por mi cerebro. Os aseguro que aquella mujer me interesaba de verdad. Además, estaba débil y predispuesto a entregarme a los sentimientos generosos, con los que la astucia se alía fácilmente.

-Te creo. Todo es posible -respondí precipitadamente-. Estoy seguro de que te han ofendido, de que son ellos más culpables ante ti que tú ante ellos. No sé nada de tu pasado, pero no me cabe duda de que una muchacha como tú no ha entrado en esta casa por su voluntad.

-¿Qué significa eso de «una muchacha como yo»? -murmuró Lisa con voz apenas perceptible pero que yo oí.

«¡Demonio! La estoy halagando. Esto es una cobardía. Pero tal vez dé buen resultado.»

Ella guardaba silencio.

-Oye, Lisa, te pondré como ejemplo lo que me ocurre a mí. Si yo hubiese tenido una familia cuando era niño, hoy no sería como soy. Pienso en ello con mucha frecuencia. Por mal que estés al lado de tu familia, de tu padre y tu madre no serán nunca para ti enemigos, extraños. Te demostrarán su cariño por lo menos una vez al año. Ocurra lo que ocurra, sabes que estás en tu casa. Yo no tenía familia, y seguramente por eso soy tan... insensible.

Volví a esperar.

«Quizá no comprenda -pensé-. Es ridículo que le dé lecciones de moral.»

-Si yo fuese padre y tuviese una hija, creo que la querría más que a un hijo; y no sólo lo creo, sino que estoy seguro.

Procuraba distraerla. Confieso que estas atenciones me sonrojaban.

-Y, eso ¿por qué? -exclamó Lisa.

¡O sea que me estaba escuchando!

-No lo sé, Lisa. Mira, yo conocí a un padre. Era un hombre severo y duro; pero se arrodillaba ante su hija, le besaba los pies y las manos y no se cansaba de admirarla. Cuando ella estaba en el baile, él permanecía de pie durante cinco horas en el mismo sitio, sin perderla de vista. Estaba loco por ella. Y me parece muy natural. Por la noche, cuando ella dormía, él se despertaba e iba a besarla y a bendecirla durante su sueño. Era avaro para los demás y para él mismo, que iba de paseo vestido con un viejo y grasiento redingote; mas para ella no reparaba en gastos: le hacía magníficos regalos, y ¡qué alegría la suya si a ella le gustaban! Los padres quieren a sus hijas más que las madres. Generalmente, las hijas son felices en la casa paterna. Por lo que a mí se refiere, si tuviese una hija, creo que no la casaría nunca.

-¡Vaya! ¿Por qué? -exclamó Lisa sonriendo levemente.

-Francamente: me sentiría celoso. ¿Cómo podría consentir que besara a un extraño, que quisiera a alguien que no fuese yo? No quiero ni pensarlo. Claro que esto es una tontería. Al fin, uno accede; pero no me cabe duda de que, antes de casarla, tomaría informes de los pretendientes, a los que eliminaría uno tras otro, aunque acabaría por casarla con el que ella prefiriese. Pero resulta que el que quiere la muchacha es el que más desagrada al padre. Sí, así es. Y ocurren muchas desgracias en las familias por este motivo.

-A algunos no les importa vender a sus hijas, en vez de casarlas honorablemente -replicó Lisa en el acto.

«¡Ah! ¿Con que se trata de eso?»

-Eso, Lisa, sólo ocurre en las familias malditas, a las que no asisten ni Dios ni el amor -repuse con vehemencia-. Y donde no hay amor, falta también la razón. Esas familias existen, pero no me refiero a ellas. Lo que acabas de decir me demuestra que no has sido feliz en tu casa. Sí, eres una desgraciada... ¡Generalmente es la pobreza la causa de todos los males!

-¿Acaso entre los señores no ocurre lo mismo? La gente honrada vive feliz incluso en la pobreza.

-Hum... Sí, puede ser. Pero también sucede, Lisa, que el hombre sólo se fija en su sufrimiento: no se detiene a pensar en su felicidad. Si pensara en su felicidad, vería que en todas las etapas de su vida ha tenido momentos felices. Pero si todo va bien en la familia, si Dios la ha bendecido, si el esposo es bueno y se preocupa por la mujer en vez de abandonarla..., ¡qué bien se está con la familia! Incluso si en la casa entra el infortunio. Por lo demás, ¿acaso no entra el infortunio en cualquier parte? Si algún día te casas, quizá lo sepas por experiencia. Por el contrario, en los primeros tiempos de la vida conyugal con el ser amado, ¡cuánta felicidad! ¡Una felicidad constante! Incluso las querellas terminan bien entre esposos en esta primera etapa. Hay mujeres que cuanto más quieren a su marido, más disputas con él provocan. Puedo asegurarlo, porque conocí a una de esta clase. «¡Te quiero tanto, que te hago sufrir, a fin de que te des cuenta!» ¿Sabías esto? Puede suceder que se atormente a una persona por exceso de cariño. Las mujeres obran así con sus maridos. Se dicen: «Te amo y te acaricio tanto, que tengo derecho a atormentarte un poco». Y todos los que viven alrededor del matrimonio comparten su alegría. En el hogar, todo es honesto, apacible y alegre. Hay mujeres celosas. Si él sale (yo conocía a una que procedía así), ella no lo puede soportar. Se levanta a medianoche de la cama y va a ver si está en talo cual sitio, con esta o aquella mujer. Esto no está bien, y ella lo sabe. Sufre, se juzga y se condena. ¡Pero ha de obrar así porque lo ama! Y, después de la riña, la delicia de reconciliarse. Pedirle perdón o, por el contrario, perdonarle. ¡Qué hermoso es esto para los dos! ¡Como si acabasen de conocerse, como si acabasen de casarse y su amor estuviera en su principio!... Nadie, absolutamente nadie debe saber lo que ocurre entre los esposos si se quieren de verdad. Éstos, en sus disputas, sean de la índole que fueren, no deben recurrir al juicio de nadie, ni siquiera de la propia madre, ni contar a nadie lo ocurrido. Ellos mismos han de ser sus propios jueces. El amor es un misterio divino que debe permanecer oculto a los ojos ajenos, pase lo que pase. Esto es lo mejor, lo más conveniente. Así se consolida la estimación entre los esposos, y sobre la estimación se edifican muchas cosas. Si marido y mujer se quieren, si se han casado por amor, no es preciso que este amor muera. No hay razón para que no se le pueda mantener vivo; por lo menos, es muy rara esta imposibilidad. Si el marido es una buena persona, ¿por qué no ha de lograrse esta supervivencia? Cierto que el primer amor morirá, pero le sucederá otro muy superior. Las dos almas se fundirán, entre ambos todo será común y no habrá nada secreto entre uno y otro. Y cuando aparezcan los hijos, todo parecerá hermoso, incluso las mayores complicaciones, con tal que los padres se quieran y tengan valor. Hasta en el trabajo ve el padre un placer, y con alegría renuncia al pan para dárselo a sus hijos. Y es que por todo esto tus hijos te querrán más adelante. Por lo tanto, amasas para ti. Los niños crecen; tú comprendes que les das ejemplo, que eres su sostén, que, cuando mueras, ellos seguirán viviendo con tus pensamientos, con los sentimientos que han recibido de ti, y que estarán hechos a tu imagen y semejanza. Esto te impone, pues, un grave deber... Siendo así, ¿cómo no han de unirse aún más estrechamente el marido y la mujer? Algunos dicen que es molesto tener hijos. No hay tal cosa. Por el contrario, es una alegría incomparable. ¿Te gustan los niños, Lisa? Yo los adoro. Imagínate a un niñito sonrosado tomando el pecho. ¿Qué marido no se enternecería al ver a su mujer con el hijo de los dos en sus brazos? Un hijito sonrosado, mofletudo... Se echa hacia atrás, agita, jugando, sus piececitos y sus gordezuelas manecitas. Sus uñas, muy limpias, son tan pequeñas que incluso hacen reír. Sus ojitos parecen comprenderlo ya todo. Y, al mamar, da palmadas en el pecho, y tirones. Está jugando. El padre se acerca, el niño suelta el seno, se echa hacia atrás, mira a su padre y se ríe. Sin duda le parece gracioso. Luego sigue mamando. Cuando los dientes empiecen a salirle, morderá el seno de su madre y al mismo tiempo le lanzará una mirada maliciosa. «¡Te he mordido! Lo has notado, ¿verdad?» ¡Qué felicidad cuando están los tres juntos, el padre, la madre y el niño! Se pueden sacrificar muchas cosas por estos instantes. No olvides esto, Lisa: antes de acusar a los demás, uno debe aprender a vivir.

«Estos cuadros, precisamente éstos, son los que hay que describirte para impresionarte», pensé, aunque os aseguro que había hablado con gran sinceridad. De pronto sentí que me sonrojaba. ¿Dónde me escondería si se echaba a reír? Esta idea me enfureció. Con tal vehemencia pronuncié el final de mi discurso, que después me sentí avergonzado. El silencio se prolongaba. Me asaltó el deseo de apartarla de un empujón.

-¿Cómo es que usted...? -empezó a decir. Pero se detuvo.

Sin embargo, yo lo había ya comprendido todo. En su voz había algo nuevo; ya no se percibía en ella la brutalidad y la obstinación de antes, sino un sentimiento dulce, púdico, tan púdico que de pronto me sentí avergonzado y culpable frente a ella.

-¿Qué dices? -pregunté con tierna curiosidad.

-Que usted...

-¿Qué?

-Que usted habla como si leyera en un libro -dijo al fin.

Y de nuevo me pareció percibir la burla en su voz. Este comentario me hirió profundamente. Esperaba otra cosa.

No comprendí que ella ocultaba sus verdaderos sentimientos bajo un tono burlón, astucia a la que recurren los corazones púdicos y solitarios a los que se pretende llegar directamente y que hasta el último minuto se niegan con orgullo a entregarse y temen manifestar sus sentimientos. Sólo por la timidez que mostró al iniciar varias veces su frase burlona antes de decidirse a pronunciarla debí comprenderlo todo; pero no adiviné nada, y un mal sentimiento se apoderó de mí.

«¡Ah!, ¿sí? -pensé-. Ahora verás.»

VII

-¡Oh, Lisa! ¡Desde luego, los libros tienen aquí su papel! Aunque este asunto no me concierne, me desagrada. Además, me llega al corazón. Mi alma ha despertado. ¿De veras no te sientes profundamente triste aquí? Se comprende: la costumbre es una gran cosa. Sólo el diablo sabe hasta dónde puede llevar la costumbre al hombre. ¿En serio crees que no envejecerás nunca, que serás siempre bonita y que siempre te querrán tener aquí? No te hablaré de la suciedad que aquí se respira, pero quiero decirte algo sobre lo que va a ser tu vida en esta casa. Ahora eres joven y bonita, y tienes alma, sensibilidad... Sin embargo, cuando he vuelto a la realidad, me ha producido cierta repulsión verte a mi lado. Sólo venimos aquí cuando estamos completamente borrachos. En cambio, si te hubiese conocido en otra parte, si hubieses vivido como viven las personas honradas, es posible que te hubiera hecho la corte, e incluso que me hubiera enamorado de ti; que me hubiera hecho feliz una mirada tuya, y más feliz aún que tus palabras. Te habría esperado a la puerta, habría pasado horas enteras a tus pies, habrías sido mi prometida y habría juzgado este compromiso como un gran honor. N o me habría atrevido a ofenderte siquiera con el pensamiento. Aquí, en cambio, me basta darte un silbido para que acudas; aquí estás obligada a obedecerme: has de venir, quieras o no, pues no soy yo quien depende de tu voluntad, sino tú quien dependes de la mía. Cuando un mujik, incluso el más humilde, se contrata para trabajar, no se vende por entero, y, además, sólo por un tiempo determinado. Pero tú... ¿Qué límite tiene tu servicio? Piensa hasta qué punto te vendes aquí, hasta qué extremo llega tu esclavitud. Vendes tu cuerpo y, con él, tu alma. Ya no dispones de tu alma. Entregas tu amor al primer borracho que pasa, para que él lo pisotee. Sin embargo, el amor lo es todo. Es un diamante, el tesoro de las muchachas. Hay hombres que para obtener ese amor son capaces de correr peligros de muerte, de perder su alma. Sin embargo, aquí, ¿qué valor tiene el amor? Te compran enteramente. ¿Y para qué quieren tu amor, si lo obtienen todo de ti sin amor? Es la mayor ofensa que se puede inferir a una joven, reconócelo.

»He oído decir que aquí se os halaga, aprovechándose de vuestra candidez; que se os permite tener amantes. Esto es una farsa, una mentira. Se ríen de vosotras, y vosotras os dejáis engañar. ¿Puede amarre verdaderamente uno de esos amantes? No lo creo. ¿Cómo es posible que te amé sabiendo que te van a llamar de un momento a otro, que tendrás que dejarlo a él por cualquiera? El que consiente estas cosas es un miserable. ¿Qué estimación, por poca cosa que sea, puede tenerte? Se ríe de ti y, encima, te roba. En esto consiste su amor. Y puedes darte por satisfecha si no te vapulea..., cosa que es muy posible que haga. Pregúntale al tuyo (si lo tienes) si quiere casarse contigo. Como respuesta, lanzará una risotada en tus mismas narices, eso si no te escupe a la cara o te da una paliza. Pero ocurre que él no vale ni dos ochavos. ¿Y para qué (piensa en ello) has enterrado aquí tu existencia? Para que te alimenten y te den café. Pero ¿con qué objeto te alimentan? Una mujer distinta, una joven honrada, ni siquiera probaría esos alimentos, pues comprendería el fin con que se los dan. Tú debes ya a la patrona; le deberás todavía más, y tu deuda seguirá aumentando hasta el fin de tu carrera; hasta que los clientes no quieran ya saber nada de ti. Esto ocurrirá pronto. No confíes en tu juventud. Aquí el tiempo galopa. Cuando ya no sirvas, te echarán a la calle. Y, antes de echarte, te colmarán de reproches e insultos, como si no hubieses entregado a tu 'patrona tu juventud, tu salud e incluso tu alma. Te dirán que eres la ruina de la casa; te hablarán como si hubieses robado, como si hubieses sumido en la miseria a tu patrona. Y no esperes ayuda de nadie. Las demás, tus compañeras, irán también en contra tuya para adular a la patrona, pues aquí todas, todas son esclavas y han perdido hace ya mucho tiempo la conciencia y la compasión. Son cobardes y lanzarán sobre ti los insultos más groseros, más viles y más crueles. Lo dejarás aquí todo sin darte cuenta: la salud, la juventud, tus encantos, tus esperanzas, y a los veintidós años tendrás el aspecto de una mujer de treinta. Y da gracias a Dios si no te pones enferma. Te imaginas (estoy seguro) que no trabajas, que estás en continuas vacaciones. Pero no hay, no ha habido jamás trabajo más penoso que el tuyo, tanto, que tu corazón debería fundirse en lágrimas.

»No te atreverás a pronunciar una sola palabra, ni siquiera media, cuando te echen de aquí. Te marcharás encorvada como una culpable. Irás a otra casa, luego a otra, todavía volverás a cambiar, y, finalmente, irás a parar a la plaza del Heno. Y allí recibirás paliza tras paliza, por nada, por costumbre. Así se hace siempre en aquel lugar. Ningún cliente te besará sin antes darte un buen vapuleo. ¿Te resistes a creer en tanto horror? Ve a la plaza del Heno y lo verás por tus propios ojos. »Yo vi una vez, una víspera de Año Nuevo, a una de esas desgraciadas. La habían echado a la calle, a modo de broma, para "calmarla", porque gritaba demasiado, y habían cerrado la puerta tras ella. A las nueve de la mañana estaba ya completamente borracha. Iba desmelenada y medio desnuda. Su cuerpo mostraba huellas de golpes. Llevaba la cara pintada y cubierta de polvos, bajo sus ojos destacaban dos grandes manchas negras y su boca y su nariz sangraban. El causante de todo aquello había sido un cochero de fiacre. Estaba sentada en los peldaños de piedra de la escalinata y tenía en la mano un pescado en salmuera. Gritaba, repetía con obstinación las mismas frases sobre su infortunio y golpeaba los escalones con el pescado. Estaba rodeada de cocheros y soldados borrachos, que se reían de ella y se divertían excitándola. Tú no quieres admitir que te ocurrirá lo mismo que a esa mujer. Tampoco yo lo quiero creer. Pero ¿qué sabes tú de eso? Ocho o diez años atrás, llegó de no sé dónde, fresca como una rosa, inocente, limpia, ignorante de todo lo malo, ruborizándose a cada momento. Tal vez era semejante a ti: orgullosa y susceptible, de mirada altiva, y persuadida de que el hombre que la amase y a quien ella amara gozaría de una felicidad inmensa. Sin embargo, ya ves cómo terminó.

»Y piensa que acaso en el momento mismo en que golpeaba los escalones de piedra con su pescado en salmuera, borracha y desmelenada, acudieron a su memoria los años pasados en la casa paterna, aquellos años en que, pura como un ángel, iba al colegio, y el hijo del vecino la esperaba en la carretera para jurarle que la amaría eternamente y le dedicaría su vida entera, lo que terminó con la mutua promesa de quererse siempre y casarse tan pronto como fuesen mayores...

»¡Créeme, Lisa! Sería una felicidad para ti, sí, una felicidad, morir en un rincón, en un sótano, como aquella tísica de la que te he hablado hace poco. Has mencionado el hospital. ¡Tendrías suerte si te llevaran a un hospital! Pero piensa que tu patrona te necesitará todavía. La tisis no es un simple acceso de fiebre. El enfermo conserva la esperanza hasta el último minuto y siempre dice que se siente bien. Se engaña a sí mismo, y la patrona se aprovecha de ello. Sí, así es. Le vendiste tu alma y, además, le debes dinero. Ya no puedes, por lo tanto, replicarle. Y cuando estás agonizando, todos se apartarán de ti y te abandonarán, porque ¿para qué puedes servirles en esos momentos? Y todavía te echarán en cara el sitio que ocupas y la poca prisa con que te mueres. Ni siquiera podrás obtener un poco de agua, y, si te la dan, lo harán injuriándote: «¿Cuándo acabarás de reventar, asquerosa bestia? Con tus gemidos nos impides dormir y molestas a los clientes». Sí, así sucede. Yo mismo he oído lanzar reproches semejantes. Cuando estés medio muerta, te echarán en el rincón más sombrío y hediondo de un sótano, donde sólo habrá humedad y tinieblas. ¿En qué pensarás cuando estés allí, tendida, sola? Y, ya muerta al fin, manos extrañas te amortajarán a toda prisa, con impaciencia, lanzando juramentos. Nadie pensará en ti suspirando, nadie acudirá a tu lado para bendecir tu cuerpo. Sólo pensarán en librarse de ti lo antes posible. Comprarán un burdo ataúd y se te llevarán como se llevaron a aquella desgraciada. Y luego irán a echar un trago en memoria tuya. La fosa estará llena de barro, de nieve derretida. Pero para ti no hay contemplaciones. "¡Ven, Vania: la bajaremos por aquí! ¡Es su sitio! Pero también por aquí baja patas arriba... ¡Sujeta bien las cuerdas, animal! ¡Ahora va bien! Pero ¿no ves que la has puesto de costado? Al fin y al cabo, era un ser humano. Bueno, no importa:

cúbrela ya de tierra." Ni siquiera querrán disputar sobre ti. Te cubrirán lo antes posible de una capa de tierra fangosa y se irán a la taberna. Así terminarás. Después, nadie se acordará de ti. Junto a las demás tumbas hay hijos, padres, esposos, pero junto a la tuya, ni una lágrima, ni un suspiro. Y nadie, absolutamente nadie, se acercará jamás a tus restos. Tu nombre desaparecerá de la superficie de la tierra como si no hubieses existido nunca, como si ni siquiera hubieras nacido. Lodo, pantanos... Golpea cuanto quieras la tapa de tu ataúd por la noche, a la hora en que se levantan los muertos. "¡Dejadme salir, buena gente! ¡Quiero ver la luz! He vivido sin vivir; mi vida ha sido una alfombra para los pies de los hombres. La devoraron y terminó en la plaza del Heno. ¡Dejadme salir, buena gente! ¡Quiero volver a vivir!"

Estaba exaltado, mi garganta se contraía en sacudidas espasmódicas. De pronto, me detuve, inquieto; me incorporé en la cama, incliné la cabeza con el corazón palpitante de temor y agucé el oído: había motivo más que suficiente para sentirse intranquilo.

Yo sospechaba desde hacía unos momentos que había trastornado su alma y destrozado su corazón, pero cuanto más seguro estaba de ello, mayor era mi deseo de obtener una victoria rápida y completa. Este juego me arrastraba. Pero no era únicamente un juego...

Me daba perfecta cuenta de que estaba hablando sin espontaneidad, tediosamente, en un estilo literario. Pero esto no me importaba. Tenía la seguridad de que ella me comprendía y de que mi estilo literario era para mí una gran ayuda en aquel momento. Pero cuando hube logrado mi propósito, tuve miedo.

Nunca, nunca fui testigo de una desesperación tan profunda. Lisa tenía la cara hundida en la almohada, a la que estrechaba entre sus brazos. El llanto desgarraba su pecho. Todo su joven cuerpo temblaba, convulso. Los sollozos que se amasaban en su garganta y que la ahogaban, se convertían de pronto en gritos, en ladridos. Entonces hundía aún más la cabeza en la almohada: no quería que nadie de aquella casa supiera que lloraba y sufría. Mordía la almohada, y una vez se mordió el brazo hasta hacerse sangre, como comprobé luego. Otra vez introdujo los dedos en su dispersa cabellera y permaneció inmóvil, en un esfuerzo atroz, conteniendo la respiración, apretando los dientes. Me dispuse a decirle algo, a pedirle que se calmara, pero advertí que no tenía valor para hablarle, y de pronto, presa de pánico, me levanté, a fin de vestirme a tientas y huir. La oscuridad era completa. Mis esfuerzos por ir de prisa eran inútiles. En esto, mi mano tropezó con una caja de cerillas y un candelero con una vela entera. Apenas la encendí, Lisa se sentó de un salto en la cama. Tenía el rostro contraído y me miró con sonrisa de loca, con un gesto de extravío. Me senté a su lado y me apoderé de sus manos. Entonces volvió en sí, se lanzó sobre mí, fue a rodearme con sus brazos, pero no se atrevió y bajó lentamente la cabeza.

-Lisa, amiga mía, me he equivocado... Perdóname -empecé a decir.

Pero ella apretó tan fuertemente mis manos con las suyas, que comprendí que estaba diciendo algo inconveniente, y me callé.

-Aquí tienes mi dirección, Lisa. Ven a verme.

-Iré -murmuró la joven resueltamente, pero sin levantar la cabeza.

-Ahora me voy. ¡Adiós! ¡Hasta la vista!

Me levanté. Lisa se levantó también. Luego, de pronto, se sonrojó, tuvo un sobresalto, se apoderó de una pañoleta que había en una silla y se cubrió con ella los hombros y el cuello hasta la barbilla. Hecho esto, tuvo una sonrisa forzada, volvió a enrojecer y me miró extrañamente. Esto me inquietó. Me urgía salir de allí, desaparecer.

-Espere un momento -me dijo Lisa de pronto en la antecámara, ya cerca de la puerta, reteniéndome por el borde de la capa.

Dejó la bujía y salió corriendo. Indudablemente había olvidado algo que quería mostrarme. Su cara era de un matiz sonrosado, le brillaban los ojos, sonreía. ¿Qué me quería enseñar? Esperé. Volvió al cabo de un minuto. Su mirada parecía excusarse. Su semblante era distinto. En sus ojos no había ya aquella expresión sombría suspicaz y obstinada; ahora su mirada era dulce, implorante, y también confiada, acariciadora y tímida. Miraba como miran los niños a aquellos a quienes quieren y a los que piden algo. Sus ojos, de un castaño claro, eran hermosos, vivos y sabían expresar tanto el amor como el odio. Juzgando inútil explicarme nada, como si yo fuera un ser superior, capaz de comprenderlo todo sin explicaciones, me tendió un plieguecillo de papel. Todo su rostro se iluminó en aquel instante con una alegría ingenua, casi infantil. Tomé el papel. Era una carta dirigida a ella por un estudiante de Medicina: una declaración de amor, solemne, florida y extremadamente respetuosa. He olvidado las frases, pero recuerdo perfectamente que bajo el estilo ampuloso, sentí palpitar un sentimiento tan lleno de sinceridad, que no cabía pensar en la ficción. Cuando hube terminado la lectura, vi clavada en mí la mirada de Lisa, una mirada ardiente impaciente y curiosa como la de un niño. Sus ojos estaban fijos en los míos; Lisa esperaba con avidez mi opinión sobre la carta. Breve y apresuradamente, pero con una especie de gozoso orgullo, Lisa, me explicó que la habían invitado a una velada en casa de una familia respetable que «no sabía nada, absolutament rien» (porque no hacía mucho tiempo que había llegado, sólo para explorar, y estaba decidida a no quedarse, pues en cuanto hubiese pagado su deuda se iría). Y el estudiante fue también a esa velada; fue su pareja en todos los bailes y resultó que ya se habían conocido en Riga, cuando los dos eran niños aún, y que habían jugado juntos. ¡Pero hacía tanto tiempo de aquello! Él conocía también a los padres de Lisa. Pero no sabía nada de su situación, absolutamente nada, y no tenía la menor sospecha sobre este punto. Y he aquí que al día siguiente (hacía tres días) le había enviado aquella carta por conducto de una amiga que había ido con ella a la velada. «Y... bueno, esto es todo.»

Cuando terminó su relato, bajó confusa, sus centelleantes ojos.

La pobre conservaba aquella carta como un objeto precioso -el único que poseía- y me lo había enseñado para que yo, antes de marcharme supiera que se la podía querer honradamente, sinceramente, y que se le podía escribir en tono respetuoso. Desde luego, el destino de aquella carta era permanecer guardada como un recuerdo y ninguna otra la seguiría. Pero esto poco importa: estoy seguro de que la conservó toda su vida como una joya. Era su orgullo, su justificación. Lisa se había acordado de su tesoro improviso y me lo había mostrado con ingenuo orgullo, para recobrar mi estimación, para que la felicitara. Pero no le dije nada; le estreché la mano y me fui. ¡Tenía tantas ganas de marcharme!

Volví a casa a pie, aunque la nieve seguía cayendo en grandes copos. Sufría, me sentía aniquilado y confundido. Pero, a través de esta confusión, entreveía ya la verdad..., una verdad sumamente desagradable.

VIII

Pero no admití inmediatamente esta verdad. Al despertarme al día siguiente, tras un sueño profundo de varia horas, repasé mentalmente los acontecimientos de la jornada anterior, y me asombré de mi arrebato de sentimentalismo ante Lisa, de las cosas atroces y lastimeras que había dicho. «¿Cómo se puede perder el dominio de los nervios hasta ese punto? ¡Es lamentable...! No debí darle mi dirección. ¿Qué haré si viene? y vendrá, no cabe duda...» Pero évidemment esto no tenía importancia en aquel momento. Lo importante era reconquistar lo antes posible mi reputación a los ojos de Zverkov y de Simonov. Esta idea me absorbió de tal modo, que ya no volví a pensar en Lisa en toda la mañana.

Ante todo, tenía que pagar inmediatamente mi deuda a Simonov. Tomé una decisión extrema y fui a pedir un adelanto de quince rublos a Antón Antonovitch. Dio la feliz casualidad de que estaba de excelente humor, y me concedió al punto el anticipo. Me sentía tan feliz, que mientras firmaba el recibo empecé a contar con gran desenvoltura Antón Antonovitch que había estado de jarana en el Hotel París con unos amigos, para celebrar el ascenso de un camarada, de un amigo de la infancia, o poco menos. «Es un gran juerguista, ¿sabe?, un niño mal criado, pero de excelente familia. Gran fortuna, carrera brillante, ingenioso, encantador, siempre enredado en aventuras... ¿Comprende? Despúes de media docena de botellas de champán, fuimos allá abajo...» y dije todo esto con palabra fácil y en un tono ligero y alegre.

Volví a casa y escribí inmediatamente a Simonov. Todavía hoy admiro el tono franco y de buen chico que di a aquella carta, y su estilo, verdaderamente digno de un gentleman. Me acusaba a mí mismo con habilidad y nobleza, y, sobre todo, sin palabras inútiles. Me excusaba, «si se me permitía excusarme», declarando que, como no estaba acostumbrado a beber, el primer vaso que había tomado, mientras los esperaba en el Hotel París, espera que duró desde las cinco hasta las seis, me había embriagado completamente. Dirigía mis excusas a Simonov, pero le rogaba que se las transmitiera a los demás, especialmente a Zverkov, a quien me parecía -«me acuerdo de eso como a través de un sueño»- haber ofendido gravemente. Añadía que mi gusto habría sido ir a disculparme personalmente, pero que me dolía la cabeza y, esto sobre todo, estaba demasiado confuso.

Me sentí especialmente satisfecho por la ligereza de espíritu y por la elegante displicencia que se percibían a través de mis excusas y que daban a entender, mucho mejor que todas las explicaciones, que lo ocurrido el día anterior no tenía para mí la menor importancia. ¡No estoy abrumado, como seguramente se imaginan ustedes, señores! Por el contrario, considero todo esto con la mayor tranquilidad, como corresponde a un gentleman que se respete a sí mismo. Il faut que jeunesse se passe.

«Hay aquí incluso un algo de distinción cortesana -me dije al releer la carta-. ¿Por qué? ¡Porque soy un hombre instruido, inteligente! Otro, en mi lugar, no habría sabido salir del atolladero. Yo, en cambio, he salido, y puedo alegrarme de mi éxito. He aquí la ventaja se ser un hombre de su época, inteligente he instruido. Por otra parte, la culpa fue de lo que bebí, desde luego, pero bebí vino y no licor, como doy a entender, mientras esperaba de cinco a seis. He mentido a Simonov, le miento descaradamente, y no me da vergüenza... En fin, eso no tiene la menor importancia. Lo único importante es salir de esto.» Introduje seis rublos en el sobre, lo cerré y dije a Apolonio que lo llevase a casa de Simonov. Al enterarse de que la carta contenía dinero, Apolonio sintió respeto y accedió a llevarla. Por la tarde salí a pasear. Aún me dolía la cabeza y el vértigo no me había dejado.

Y cuanto más se acercaba la noche y la oscuridad se hacía más densa, mis impresiones y, en consecuencia, mis ideas eran menos claras: se mezclaban, se confundían. Había algo en mí, en el fondo de mi pensamiento, que se negaba a desaparecer y que se traducía en una extraña angustia. Vagabundeaba por las calles más animadas, más comerciales: la Miesstchanskaia, la Sadovaia, las proximidades del jardín de Yusupov. Me gustaba pasear por estas calles especialmente al atardecer cuando están llenas de gente: transeúntes afanosos, comerciantes, artesanos que, tras su jornada de trabajo, regresan a sus casas, acentuadas sus facciones por la fatiga. Me encantaba esta agitación de la vida cotidiana. Pero, aquella tarde, el bullicio sólo sirvió para irritarme más de lo que estaba. No podía dominarme. Algo se despertaba en mi alma, torturándome, sin que yo lograra aplacarlo. Volví a casa, completamente desorientado. Tenía la sensación de que pesaba un crimen sobre mi conciencia.

Me atormentaba la idea de que Lisa se presentara de un momento a otro. Entre todos mis recuerdos del día anterior, el de Lisa permanecía aparte y me inquietaba singularmente. Al caer la tarde, había dejado de pensar en todo lo demás. Seguía sintiéndome satisfechísimo de mi carta a Simonov; pero cuando pensaba en Lisa, mi satisfacción desaparecía por completo. Así advertí que la única causa de mi desazón era Lisa.

«¿Qué haré si viene? -pensaba sin cesar-. Bueno, ¿qué más da? Que venga, si quiere. Lo malo es que verá cómo vivo. Ayer representé ante ella el papel de héroe, y ahora... No debí dejarme arrastrar por mi vehemencia. Este departamento es miserable. ¿Cómo pude ir a cenar con este traje? ¡Y este diván de hule, lleno de desgarrones por los que sale la crin! ¡Y mi ropa de cama hecha jirones!... Lisa verá todo esto y también a Apolonio. Ese bruto la ofenderá, no me cabe duda, aprovechando un pretexto cualquiera, sólo para darme un disgusto. En cuanto a mí, como de costumbre, me pondré nervioso, iré y vendré ante ella, me ajustaré el batín, sonreiré, mentiré. ¡Qué horror! Pero no es esto todo: hay otra cosa más innoble, más cobarde aún... ¡Sí! Tendré que quitarme esta máscara de farsante...»

Enrojecí hasta la frente. «¿Farsante? ¿Acaso mentí? Ayer hablé con toda sinceridad. Me acuerdo muy bien. Sentía una emoción verdadera. Quería despertar en Lisa buenos sentimientos. Hizo bien en llorar. Las lágrimas producen siempre excelente efecto.»

Sin embargo, no conseguía calmarme. Durante todo el anochecer, incluso mucho después de las nueve, cuando Lisa ya no podía presentarse, seguía pensando en ella y viéndola con la imaginación tal como la había visto el día anterior en cierto momento en que me había impresionado vivamente. Fue cuando encendí la cerilla que iluminó su pálido rostro y su amarga mirada. ¡Cuán lastimera, tensa y falsa fue su sonrisa en aquellos instantes! Pero entonces yo ignoraba que quince años después seguiría viendo con la imaginación a Lisa bajo este aspecto, con esta sonrisa lastimera y forzada.

Al día siguiente, mi ánimo se inclinaba a considerar todo lo que había ocurrido, como algo absurdo y desmesuradamente exagerado por mis nervios enfermos. Me daba perfecta cuenta de esta tendencia de mi carácter, y la temía sobremanera. «Exagero siempre -me repetía una y otra vez-. Padezco de este mal.» Sin embargo..., sin embargo, me decía: «Lisa vendrá». Tal era el estribillo de todas mis reflexiones. Esto me preocupaba tan profundamente, que a veces tenía arrebatos de furor. «¡Vendrá! ¡Seguro que vendrá! -gritaba paseando a grandes zancadas por la habitación-. Si no es hoy, será mañana. Me hará salir de mi guarida. ¡Maldito el romanticismo de los corazones puros! ¡Qué villanía, qué estupidez, qué mediocridad la de estas necias almas sentimentales! ¿Cómo no comprenderá que... ?». Pero al llegar a este punto me detuve, profundamente turbado.

«¡Y qué pocas palabras han bastado para esto! -seguí diciéndome-. ¡Además, ha sido un idilio falso, aunque ha tenido poder suficiente para trastornar toda una existencia! ¡Lo que es un terreno virgen!»

A veces me asaltaba la idea de ir en su busca para contárselo «todo» y pedirle que no viniera. Pero inmediatamente me acometía tal furor, que no me cabe duda de que habría aplastado a «aquella maldita Lisa» si la hubiese tenido al alcance de mi mano. La habría insultado, le habría pegado y escupido, la habría echado a la calle.

Pero transcurrió un día, y otro, y otro, y Lisa no venía. Después de las nueve solía animarme, y entonces incluso me entregaba a grandes ensueños. Me decía, por ejemplo: «Salvo a Lisa sólo hablando con ella cuando viene a verme... La instruyo, la formo. Advierto al fin que me ama apasionadamente. Pero finjo no darme cuenta (no sé por qué obro así; probablemente, por amor a los buenos sentimientos). Y llega un momento en que, confusa, temblorosa y deshecha en lágrimas, se arroja a mis pies y me dice que soy su salvador y que me quiere más que a nadie en el mundo. Me quedo atónito. Lisa -le digo-, ¿crees que no lo sabía? Comprendí que me amabas, pero no osaba apoderarme de tu corazón, porque estabas bajo mi influencia y temía que hubieses hecho un esfuerzo para corresponder a mi amor, que la gratitud te hubiera llevado a despertar en ti un sentimiento que quizá no existía. Yo no podía admitir eso, porque habría sido un acto de despotismo, una falta de delicadeza -como ven, me enzarzaba en sutilezas sobre los sentimientos extraordinariamente nobles, verdaderamente 'europeos', a lo George Sand-. Pero ahora eres mía, eres mi obra, eres pura, eres bella, eres mi esposa...

«... "Y entra en mi casa libre y resueltamente, como dueña.» Seguidamente, vivimos dichosos, nos vamos al extranjero, etcétera.»

Y al fin me avergoncé tanto de mí mismo, que me saqué la lengua ante el espejo.

Luego pensaba: «No la dejarán salir. No les suelen permitir que salgan, sobre todo por las tardes... -No sé por qué creía que Lisa tenía que llegar por la tarde y precisamente a las seis-. Pero ella me dijo que todavía no estaba comprometida del todo y gozaba de derechos especiales. Por lo tanto... ¡Hum! ¡Diablo, vendrá! ¡Estoy seguro de que vendrá!»

Afortunadamente, en estas ocasiones contaba con la distracción de

Apolonio y sus insolencias, que me sacaban de quicio. Apolonio era una calamidad, una peste que me había enviado la Providencia. Hacía ya años que nos lanzábamos mutuamente acerados dardos. Yo lo detestaba. ¡Dios mío, cómo lo detestaba! Sobre todo, en ciertos momentos. Era un hombre de edad, con aires de gran señor. En sus horas libres hacía trabajos de sastre. Sentía por mí, aunque no sé por qué, un desprecio que rebasaba todos los límites imaginables, y me miraba siempre de arriba abajo. Por lo demás, miraba así a todo el mundo. Bastaba ver aquella cabeza de cabellos lisos, de un rubio de lino; aquel tupé que se rizaba y engrasaba cuidadosamente; aquella boca severa en forma de Y, para comprender que era un hombre que no dudaba nunca de sí mismo. Era un pedante rematado, el pedante más perfecto que he conocido, y tenía un amor propio digno de Alejandro de Macedonia. Estaba enamorado de cada uno de sus botones, de cada una de sus uñas; sí, enamorado: su aspecto lo pregonaba. Me trataba con despotismo, me hablaba muy poco, y si alguna vez se dignaba mirarme, su mirada era solemne, estaba colmada de suficiencia. Además, había en ella un algo burlón que me enfurecía. Cumplía su servicio con un aire de suprema condescendencia. Por lo demás, no hacía casi nada para mí y no se consideraba en modo alguno obligado a hacer lo más mínimo. No cabía duda de que me conceptuaba como el último de los imbéciles, y si seguía en mi casa era porque yo le pagaba un sueldo. Accedía a no hacer nada por siete rublos al mes. Gracias a él se me perdonarán muchas faltas. Mi odio alcanzaba a veces tal intensidad, que sólo el ruido de sus pasos me producía convulsiones. Pero lo que más me repugnaba era su ceceo. Debía de tener la lengua demasiado grande, o cualquier otro defecto de este tipo, y ésta era la causa de que ceceara, lo cual le producía verdadero placer, pues se imaginaba que ese vicio de pronunciación le daba importancia. Hablaba generalmente con voz dulce, inalterable, con las manos en la espalda y los ojos bajos. Lo que menos podía tolerar de aquel hombre era su costumbre de leer en voz alta los salmos en su rincón, tras el biombo que nos separaba. He soportado largos combates a causa de estas lecturas. Pero le encantaba leer salmos por las tardes, con su voz dulce, uniforme, cantarina, como si estuviese a la cabecera de un muerto. Y es que esto constituye uno de sus trabajos en las horas libres. Y, además de leer salmos a la cabecera de los muertos, lo contratan para matar ratas, y fabrica cera.

Pero yo no podía despedirlo. Se diría que estaba ligado a mi existencia.

Además, él se habría negado a abandonarme. No me era posible vivir en un hotel. Mi alojamiento era mi concha, el estuche en que me refugiaba y me ocultaba de la humanidad entera; y Apolonio, el diablo de este alojamiento. Ésta es la razón de que durante siete años me hubiera sido imposible ponerlo de patitas en la calle.

No era menos imposible retenerle el sueldo. No toleraba el menor retraso. Pero aquellos días me sentía irritado hasta tal punto contra el mundo entero, que resolví de buenas a primeras castigar a Apolonio y retrasar durante dos meses el pago de su sueldo. Hacía ya mucho tiempo -dos años- que estaba preparando este castigo, únicamente para demostrarle que no tenía derecho a darse importancia ante mí y que yo podía no pagarle si se me antojaba. Decidí no decirle nada, a fin de vencer su orgullo y obligarlo a ser el primero en hablar de sus honorarios. Entonces yo sacaría de mi cajón los siete rublos, para que viera que los tenía apartados, y le demostraría que no quería dárselos, porque así se me antojaba, porque «ésta era mi voluntad señorial», porque él era un insolente y un grosero. Y le diría que, si era cortés y respetuoso conmigo, tal vez me enterneciera y pagase, pero que, en caso contrario, tendría que esperar dos, tres semanas, un mes entero...

Sin embargo, y pese a mi enojo, fue él quien triunfó. No pude resistir más de cuatro días. Empezó por hacer lo que hacía siempre en tales casos (pues no era la primera vez que esto ocurría, de modo que yo podía estar preparado para hacer frente a su táctica innoble). Para empezar, me dirigía una severa mirada que duraba varios minutos, preferentemente cuando yo iba a salir o entraba. Si yo resistía, si fingía no advertir sus maniobras, él, sin romper su silencio, emprendía la segunda serie de operaciones. De pronto, sin motivo alguno, entra en mi habitación a paso lento, cuando estoy leyendo o paseando de un lado a otro. Y permanece plantado cerca de la puerta, una pierna delante, una mano en la espalda y mirándome fijamente, con expresión no sólo severa, sino profundamente desdeñosa.

Si le pregunto qué quiere, no responde; sigue mirándome durante unos segundos, y luego, apretando los labios, con un gesto significativo, me vuelve la espalda poco a poco y regresa lentamente a su habitación. Dos horas después, vuelve a aparecer ante mí. Loco de furor, ya no le pregunto qué quiere, sino que levanto la cabeza y, con semblante altivo, autoritario, lo miro fijamente a los ojos. Así, uno frente a otro, permanecemos a veces uno o dos minutos. Al fin, da media vuelta lenta y solemnemente y desaparece de nuevo durante dos horas. Si de este modo no conseguía impresionarme, si mi rebeldía continuaba, Apolonio empezaba a suspirar sin dejar de mirarme. Suspiraba lenta, profundamente, como midiendo toda la magnitud de mi decadencia moral. Y, naturalmente, el duelo terminaba con su victoria. Yo me enfurecía, gritaba, pero tenía que hacer lo que Apolonio quería que hiciera.

Pero esta vez, apenas iniciadas las primeras maniobras, consistentes en miradas severas, me arrojé sobre él, indignado. ¡Estaba tan nervioso!

-¡Espera! -exclamé fuera de mí, al ver que daba media vuelta, lenta y silenciosamente, con una mano en la espalda, y se dirigía a su habitación-. ¡Espera! ¡Ven aquí! y mi grito fue tan desesperado, que él giró sobre los talones y me miró con cierto asombro. Pero seguía encerrado en su silencio, y esto fue precisamente lo que me enfureció.

-¿Cómo te atreves a entrar en mi habitación sin pedir permiso y a mirarme de ese modo? ¡Responde!

Después de mirarme con impasible fijeza durante unos treinta segundos, volvió a intentar marcharse.

-¡Quieto! -aullé corriendo hacia él-. ¡Ni un paso más! ¡Contesta a mi pregunta! ¿Por qué demonio me mirabas?

-Si tiene usted que darme alguna orden, la ejecutaré al punto –respondió Apolonio tras una pausa, ceceando, con voz dulce, lentamente e inclinando la cabeza con una calma horripilante.

-¡No es de eso; no se trata de órdenes, verdugo! -grité temblando de rabia-. ¡Te explicaré lo que quiero decir! Y es que vienes porque no te he pagado. No quieres pedirme el sueldo por orgullo, y, para castigarme, vienes y me miras estúpidamente... ¡Sí, para castigarme, para atormentarme! ¡Y no sabes, ni remotamente, lo estúpido que es eso, verdugo! ¡Sí, estúpido, estúpido, estúpido!

De nuevo se dispuso a salir de la habitación, silencioso como de costumbre, pero lo sujeté por la ropa.

-¡Escucha! -le grité-. ¡Mira el dinero! ¿Lo ves? -y lo saqué del cajón-. Siete rublos. Están aquí, y bien contados. Pero no los tendrás; no te los daré hasta que me pidas perdón respetuosamente. ¿Has oído?

-Eso no puede ser -respondió Apolonio con un aplomo impresionante.

-¡Eso será! -exclamé-. ¡Palabra de honor que será! -No tengo por qué pedirle perdón -dijo Apolonio como si no oyese mis gritos-. En cambio usted me ha llamado «verdugo». Podría ir a quejarme al comisario de policía.

-¡Ya puedes ir! -vociferé-. ¡Anda, ve ahora mismo! ¡Eso no impedirá que seas un verdugo! ¡Un verdugo! ¡Un verdugo!

Apolonio se limitó a mirarme. Luego dio media vuelta y, sin prestar más atención a mis voces, sin volver la cabeza, salió de la habitación paso a paso. «Si no hubiese sido por Lisa, no habría ocurrido nada de esto», me dije. Y, tras un minuto de espera, solemnemente pero con fuertes palpitaciones en el corazón, me dirigí al rincón que ocupaba Apolonio.

-¡Apolonio! -dije con voz dulce pero ahogada-. Ve a ver al comisario de policía. ¡Corre, ve!

Él estaba ya instalado ante su mesa, se había puesto las gafas y se disponía a coser algo. Al oír mi orden, estalló en una risotada.

-¡Ve, ve inmediatamente! ¡No tienes ni la menor idea de lo que puede ocurrir!

-Pero ¿se ha vuelto loco? -dijo Apolonio sin ni siquiera levantar la cabeza, ceceando como siempre y enhebrando su aguja-. ¿Dónde se ha visto que uno mismo vaya a denunciarse a la policía? Si lo hace para asustarme, sepa que es inútil: no conseguirá usted nada.

-¡Ve! -grité con voz aguda asiéndole el hombro. Un instante más, y le habría pegado.

Pero en aquel momento la puerta de la antecámara se abrió lentamente, sin ruido, y entró una persona, que se detuvo en el umbral y nos miró a los dos perpleja. Alcé lo ojos y me quedé estupefacto. Luego hui a mi habitación rojo de vergüenza. Me mesé los cabellos con las dos manos, apoyé la cabeza en la pared, y así permanecí, esperando.

Poco después oí los lentos pasos de Apolonio.

-Hay aquí fuera una persona que quiere hablar con usted -me dijo, mirándome con extrema severidad. Luego se apartó para dejar pasar a Lisa.

Apolonio no se marchaba y nos miraba a los dos con semblante irónico.

- ¡Vete, vete! -le grité, perdiendo la cabeza.

En aquel momento, mi reloj hizo un esfuerzo, carraspeé y dio las cinco.

IX

Y entra en mi casa libre y resueltamente, como dueña.

Permanecí ante ella desorientado, abrumado, profundamente confuso, y, sonriendo -por lo menos así me parece-, me eché encima mi desgarrado y sucio batín acolchado. Era exactamente la escena que me había imaginado hacía poco. Transcurridos unos dos minutos, Apolonio se había marchado, pero mi confusión continuaba. Lo peor fue que, al verme en aquel estado, también Lisa perdió de pronto la serenidad, lo que me causó gran asombro.

-Siéntate -le dije maquinalmente, y le acerqué una silla a la mesa. Yo me senté en el diván.

Lisa, obediente, ocupó al punto la silla, y me miró a los ojos, como si esperase que le dijera algo extraordinario. Esta cándida espera me enfureció, pero conseguí dominarme.

Precisamente lo que había de hacer era no fijarse en nada, dar la impresión de que no observaba nada extraordinario. Pero Lisa... Presentí oscuramente que me pagaría caro tout cela.

-Me encuentras en una situación extraña, Lisa -empecé a decir, balbuceando y dándome perfecta cuenta de que no era así como convenía empezar-. ¡No, no creas que te reprocho nada! -exclamé al ver que enrojecía repentinamente-. No me avergüenzo de mi pobreza... Al contrario: estoy orgulloso de ella. Soy pobre, pero honrado... Se puede ser pobre y honrado... -seguí farfullando-. Bueno, ¿quieres té?

-No..., yo... -empezó a decir ella.

-¡Espera!

Salté del diván y corrí en busca de Apolonio. Había que desaparecer en cualquier parte.

-¡Apolonio! -murmuré febrilmente, lanzando ante él, sobre la mesa, los siete rublos que conservaba aún en mi mano firmemente cerrada-. Ahí tienes tu sueldo. Ya ves que te los doy. Pero tienes que salvarme. Tráeme inmediatamente de la tienda más próxima té y diez bizcochos. Si no los traes, harás desgraciado a un hombre. ¡Tú no sabes cómo es esta mujer! Es... No sé lo que pensarás de ella, pero no puedes imaginarte cómo es esta mujer...

Apolonio, que de nuevo se había puesto las gafas y había reanudado su trabajo, dirigió en silencio, sin dejar la aguja y al soslayo, una mirada al dinero. Luego, sin responderme, prosiguió su trabajo. Esperé de pie cerca de tres minutos, cruzados los brazos a lo Napoleón. El sudor me empapaba las sienes. Sentí que estaba pálido. Gracias a Dios, al fin mi aspecto debió infundir compasión a Apolonio, que dejó la aguja, se levantó lentamente, apartó su silla con idéntica lentitud, se quitó las gafas sin prisas, contó el dinero y salió a paso lento de la habitación. Mientras volvía aliado de Lisa, se me ocurrió la idea de huir tal como estaba, en batín; de irme a cualquier parte, sin pensar nada. Me senté de nuevo. Lisa me miraba con visible inquietud. Estuvimos en silencio unos minutos.

-¡Lo mataré! -exclamé de pronto, golpeando tan violentamente la mesa con el puño, que saltaron fuera del tintero una gotas de tinta.

-¡Dios mío! ¿Qué dice usted? -exclamó Lisa, sobresaltada.

-¡Lo mataré! ¡Lo mataré! -vociferé mientras seguía golpeando la mesa.

Desvariaba, pero comprendía que era estúpido ponerme de aquel modo.

-No sabes, Lisa, cómo me atormenta ese verdugo. Sí, es mi verdugo... Ahora ha ido a comprar bizcochos...

Y, de súbito, estallé en sollozos. Una crisis de nervios... Estaba avergonzado, pero no podía dominarme.

Lisa se asustó.

-¿Qué tiene usted? ¿Qué le pasa? -exclamó, yendo y viniendo ante mí, agitada y nerviosa.

-¡Agua! ¡Dame agua!... -farfullé con voz débil, pero advirtiendo que podía pasar sin el agua y hablar con más energía.

Exageraba para justificarme, pero mi ataque no era una ficción. Lisa, inquieta, me acercó el agua. En este momento apareció Apolonio con el té. De pronto me pareció que aquel té era algo vulgar, insignificante, que producía un efecto mezquino, desfavorable, después de lo que acababa de ocurrir. Me sonrojé, Apolonio salió sin mirarnos.

-Lisa, ¿me desprecias? -le pregunté, mirándola directamente a los ojos y temblando de impaciencia por conocer su pensamiento.

Ella enrojeció y no me pudo contestar.

-¡Tómate el té! -le dije, iracundo.

Estaba furioso contra mí mismo, pero era evidente que Lisa sufría más que yo por esta causa. De improviso, sentí un odio atroz contra ella: la habría matado en aquel instante. En mi fuero interno decidí vengarme no diciéndole ni una palabra más. «Ella tiene la culpa de todo...»

Llevábamos ya cinco minutos de silencio. El té estaba sobre la mesa, pero no lo tocábamos. Había llegado al extremo de que, para hacer la situación de Lisa más difícil, no quería ser el primero en beber, y para ella era violento tomar el té sola. De cuando en cuando me dirigía una mirada inquieta y triste. Pero no cabía duda de que el más desgraciado de los dos era yo, pues no podía dominarme.

-Quiero... irme... para siempre... de allá abajo -empezó a decir ella, para poner fin a nuestro silencio.

¡Pobre! Precisamente era así como no debía empezar en aquel momento saturado de estupidez y dirigiéndose a un hombre tan estúpido como yo. Sentí una lástima dolorosa por su franqueza inútil, por su temerosa incapacidad. Pero al punto surgió en mí algo que ahogó aquella compasión y que me excitó más todavía. ¡Que se hundiera el mundo entero! ¡Me era indiferente! Cinco minutos más de silencio.

-¿Le molesto? -preguntó Lisa tímidamente, con voz apenas perceptible. Y se dispuso a levantarse.

Apenas advertí esta manifestación de dignidad ofendida, temblé de furor y di rienda suelta a todo lo que gravitaba sobre mi corazón.

-¿Por qué has venido a verme? Di, ¿por qué? -empecé a decir con voz ahogada y sin cuidarme lo más mínimo de ordenar mis palabras lógicamente.

Tenía la necesidad de decirlo todo a la vez, de golpe, sin ni siquiera pensar en cómo había empezado.

-¿Por qué has venido? ¡Respóndeme! ¡Contesta! -grité fuera de mí-. Mira, yo mismo te lo voy a decir. Has venido porque aquel día te dije paroles touchantes. Te enterneciste, y hoy quieres oír más palabras enternecedoras. Pero has de saber que aquel día me burlaba de ti. Y hoy me sigo burlando. ¿Por qué tiemblas? ¡Sí, me burlé de ti! Me habían insultado durante la cena los mismos que llegaron a tu casa antes que yo. Fui allí para vengarme de uno de ellos, de un oficial, pero no me fue posible: ya se habían marchado. Tenía que descargar mi irritación sobre alguien; apareciste tú en aquel momento, y me vengué en ti, me reí de ti. Me humillaron y quise demostrar mi superioridad ante alguien. Esto fue lo que ocurrió. Pero tú creíste que yo había ido allí sólo para salvarte. ¿No es así? ¿Verdad que te lo imaginaste?

Estaba seguro de que Lisa era incapaz de comprender con todo detalle lo que estaba diciendo, pero captaría lo esencial. Así ocurrió. Se puso pálida como la cera y trató de hablar. Sus labios se torcieron como en una mueca de dolor. Luego se desplomó en su silla como si hubiera recibido un hachazo. Siguió escuchándome con la boca abierta y los ojos inmóviles, temblando de miedo. El cinismo, el atroz cinismo de mis palabras la había aniquilado.

-¡Salvarte! -exclamé, levantándome de la silla y empezando a ir y venir, presuroso, de la habitación-. ¿Salvarte de qué? ¡Pero si es muy posible que yo sea peor que tú! ¿Por qué cuando te hablaba de moral no me lanza esta réplica a la cara?: «¿Y tú a qué has venido aquí? ¿A darnos un curso de moral?» Lo que necesitaba entonces era ejercer mi poder sobre alguien; también me hacía fe divertirme con tus lágrimas, con tu humillación, con ataque de nervios. Eso era lo que necesitaba. Pero no tuve valor para llevar mi juego hasta el fin, porque no soy más que un guiñapo. Tuve miedo y te di mi dirección, eludía saber por qué. Y no había vuelto aún a casa, y ya te estaba insultando y maldiciendo por haberte dicho dónde vivo. Te odiaba porque te había mentido. Me gusta jugar con palabras, me gusta soñar. Pero ¿sabes lo que realmente deseo? ¡Que os vayáis todos al diablo! Con eso me basta Necesito tranquilidad. Vendería el universo entero por un copec, con tal que me dejaran tranquilo. Si me dicen que el mundo entero se hundirá a menos que yo deje de tomar mi té, mi respuesta será: «¡Que se hunda el mundo, con tal que yo pueda tomar té!» ¿Sabías todo esto? Pues yo sé que soy un canalla, un miserable, un holgazán, un egoísta. Desde hace tres días estoy temblando ante el temor de que vinieras. Pero ¿sabes lo que más me preocupaba estos últimos días? El hecho de que aparecí ante ti como un héroe, y pronto me verías sucio y mísero, con mi viejo y desgastado batín. Te dije que no me avergonzaba de mi pobreza pero has de saber que, por el contrario, me avergüenzo de ella más que de nada en el mundo, incluso de robar, y que además, la temo, pues soy tan vanidoso que me siento como el hombre al que hubiesen arrancado la piel y le hace sufrir el solo contacto con el aire. Jamás te perdonaré que me hayas visto (y con este batín) lanzarme como un coyote contra Apolonio. ¡El salvador, el héroe, se precipita como un perro sarnoso sobre su criado, que se burla de él! Tampoco te perdonaré las lágrimas que no he podido reprimir, como una viejecita impresionable. Y lo mismo te digo de estas confesiones. Sí, tú sola, tú sola deberás responder de todo esto, porque te has puesto bajo mi mano, y soy un miserable, el más vil, el más ridículo, el más mezquino, el más estúpido, el más envidioso de los gusanos que se arrastran sobre la tierra. Estos gusanos no valen más que yo, pero, el diablo sabe por qué, no pierden nunca su temple, y yo, en cambio, estaré recibiendo toda mi vida papirotazos del más insignificante de los insectos. Pero ¿qué importa que no comprendas lo que estoy diciendo? Y ¿qué tengo que ver contigo y qué me importa que perezcas o no? ¿Comprendes ahora, después de todo lo que te he dicho, hasta qué punto te odiaré? Sólo una vez en su vida puede hablar con tanta franqueza un hombre de nervios enfermos... Por lo tanto, ¿qué pretendes todavía de mí? Después de lo que te he dicho, ¿por qué sigues ahí, ante mí, sin moverte? ¿Por qué no te vas?

Pero entonces ocurrió algo extraordinario. Ya estaba tan habituado a pensar y a soñar de acuerdo con los libros, y a ver las cosas tal como las había creado previamente en mis sueños, que en el primer instante ni siquiera me di cuenta de lo que ocurría. He aquí lo que sucedió: Lisa, a la que había ofendido y pisoteado, captó mucho más de lo que yo esperaba. De todo lo que le había dicho, comprendió lo que comprende la mujer cuando ama sinceramente: que yo era desgraciado.

El temor, la dignidad ultrajada que se leía en su semblante cedieron pronto su puesto a un amargo estupor. Y cuando empecé a insultarme a mí mismo, a llamarme «canalla» y «miserable»; cuando me eché a llorar (todo el discurso tuvo un acompañamiento de lágrimas), su cara se alteró de pronto. Varias veces estuvo a punto de levantarse, de detenerme, y cuando hube terminado, advertí que había prestado atención no a mis palabras insultantes («¿por qué estás aquí?, ¿por qué no te vas?»), sino al esfuerzo terrible que había hecho para pronunciarlas. Además, pobre estaba profundamente aturdida. Se consideraba infinitamente inferior a mí. ¿Cómo, pues, podía enfadarse sentirse ofendida? Lo que hizo fue levantarse de un salto y, temblorosa, tenderme los brazos, pero sin atreverse acercarse a mí.

Entonces sentí que el corazón se me fundía en el pecho: Lisa se arrojó al fin sobre mí, me rodeó estrechamente, cuello con sus brazos y se echó a llorar en silencio. Ya no pude resistir, y empecé a sollozar como nunca había sollozado.

-¡No puedo... no puedo ser bueno! -articulé penosamente.

Luego me acerqué al diván, poco menos que a rastras me eché en él boca abajo y seguí llorando durante un cuarto de hora largo, presa de una terrible crisis de nervios Lisa se acercó a mí, me rodeó con sus brazos y así permaneció, sin hacer el menor movimiento.

Pero mi ataque de nervios había de tener un final, y es era lo peor. Echado en el diván, con la cabeza hundida en los cojines de cuero (confieso esta innoble verdad), empecé a pensar, al principio vaga e involuntariamente, que no iba a ser muy violento levantar la cabeza y mirar a Lisa los ojos. ¿De qué podía avergonzarme? No lo sabía, pero me daba vergüenza. Me dije también que nuestros papeles se habían invertido, que en aquel momento era ella la heroína, y yo el humillado, el aplastado, exactamente como ella se había mostrado a mis ojos cuatro días atrás. Así pensaba, echado en el diván con la cabeza escondida entre los cojines de cuero.

«¡Dios mío! ¿Será que la envidio... ?» Todavía no he podido contestar a esta pregunta, y en aquellos momentos estaba, naturalmente, más incapacitado aún para contestarla. No puedo vivir sin ejercer mi poder sobre alguien..., sin tiranizar a alguien... Pero los razonamientos no explican nada; por lo tanto, es preferible no razonar.

No obstante, conseguí dominarme y levanté la cabeza. Había que hacerlo y entonces -estoy seguro de ello-, precisamente porque me dio vergüenza mirarla, se inflamó en mí un sentimiento completamente distinto que abrasó mi alma. Era un sentimiento de dominación y de posesión. La pasión iluminó mis ojos, y estreché violentamente sus manos con las mías. ¡Cómo la detestaba en aquel momento y cómo me atraía! Un sentimiento reforzaba al otro. Aquello parecía una venganza. Su rostro reflejó al principio cierta perplejidad que tenía algo de temor. Pero esto sólo duró un instante: al punto me estrechó entre sus brazos con ardiente alegría.

X

Un cuarto de hora después, iba y venía por la habitación temblando de impaciencia y deteniéndome a cada momento ante el biombo, que me permitía ver por una de sus rendijas a Lisa, sentada en el suelo y con la cabeza apoyada en la cama. Probablemente lloraba. Pero no se iba, y eso me molestaba. Lisa lo sabía ya todo. La había ofendido irremisiblemente; pero... no vale la pena volverlo a contar que Lisa había adivinado que mi arranque de pasión era simplemente una venganza, una humillación más, y que a mi odio de poco antes, vago y sin objeto, se había sumado el odio de la envidia, y que esta envidia me la inspiraba ella... Por otra parte, no estoy seguro de que Lisa comprendiera todo esto con claridad, pero es evidente que se dio cuenta de que yo era un hombre vil y, sobre todo, de que no podía amarla.

Ya sé que me dirán que esto es increíble, que es imposible ser tan malvado, tan estúpido. Y tal vez añadan que tampoco puede creerse que yo no la amara en absoluto o, por lo menos, que no me conmoviese su amor. ¿Por qué tiene que ser esto increíble? Ante todo, me era imposible amar, puesto que -lo repito amar quería decir para mí tiranizar y dominar moralmente. Jamás he podido ni siquiera concebir el amor bajo otra forma, y hoy llego al extremo de pensar a veces que, para el objeto amado, el amor consiste en conceder voluntariamente el derecho a que se le tiranice. En mis sueños subterráneos sólo he podido concebir el amor como una lucha. Yo empezaba por el odio, para terminar por la dominación moral, aunque no lograba imaginarme lo que haría después con el ser dominado. ¿Qué hay de increíble en eso, hallándome yo tan pervertido moralmente, tan al margen de la «vida real» que hacía unos momentos la había avergonzado, acusándola de haber venido a mi casa para oír «palabras enternecedoras»? No pude comprender que Lisa no había venido para esto, sino para amarme, porque para la mujer, resurrección y liberación significan amar y sólo pueden manifestarse a través del amor. Por otra parte, ¿en verdad la detestaba tanto mientras recorría a zancadas la habitación y le lanzaba miradas furtivas por la rendija del biombo? En modo alguno. Pero su presencia me era sumamente enojosa. Ansiaba que desapareciera. Tenía sed de «tranquilidad»; deseaba quedarme solo en mi subsuelo. La «vida real» a la que no estaba acostumbrado, me oprimía hasta el extremo de ahogarme. Transcurrían los minutos, y Lisa no se incorporaba. Estaba como sumida en un sueño. Sin miramientos, di unos golpecitos en el biombo para volverla a la realidad. Lisa se sobresaltó, se levantó de un salto y empezó a recoger apresuradamente sus cosas (su manteleta, su sombrero, su pelliza), como quien se dispone a huir. Dos minutos después salió lentamente de detrás del biombo y me miró con tristeza. Yo sonreí forzadamente, par convenance, y le volví la espalda.

-¡Adiós! -me dijo, dirigiéndose a la puerta. De pronto, corrí hacia Lisa, me apoderé de su mano, se la abrí, puse en ella lo que tenía preparado y se la cerré de nuevo. Luego me dirigí presuroso al otro extremo de la habitación. Así, por lo menos, no vería nada...

He estado a punto de faltar a la verdad, de decir que hice esto sin pensarlo, porque había perdido completamente la cabeza. Pero no quiero mentir, y digo francamente que le abrí la mano y deposité en ella dinero... por pura maldad. Se me ocurrió obrar así mientras recorría febrilmente la habitación y ella estaba sentada en el suelo, detrás del biombo. Pero puedo afirmar, sin temor a equivocarme, que esta crueldad cometida adrede no procedía de mi corazón sino de mi malvado cerebro. Era un acto tan evidentemente falso, tan afectado, tan livresque, que ni yo mismo pude soportarlo ni siquiera un instante y hui al otro extremo de la habitación. Luego, en el colmo de la desesperación y de la vergüenza, eché a correr en pos de Lisa... Abrí la puerta y agucé el oído.

-¡Lisa! ¡Lisa! -la llamé, pero a media voz, temblorosamente.

No obtuve respuesta. Sin embargo, me pareció oír sus pasos en los últimos escalones.

-¡Lisa! -grité más fuerte. Silencio. Y seguidamente oigo que se abre, rechinando, la puerta de cristales del edificio, que al punto vuelve a cerrarse pesadamente. El portazo resuena en toda la escalera.

Se había marchado. Volví a mi habitación, pensativo. Un peso terrible gravitaba sobre mi corazón.

Me detuve junto a la mesa, al lado de la silla que Lisa había ocupado, y permanecí inmóvil, mirando estúpidamente hacia delante. Así estuve un minuto. De pronto, me estremecí. Ante mí, sobre la mesa, vi... vi un billete de cinco rublos arrugado: el que yo acababa de poner en la mano de Lisa. Era el mismo; no podía ser otro, pues no había ninguno más en la habitación. Evidentemente, Lisa lo había tirado allí mientras yo corría hacia el otro lado del aposento. Habría podido esperarlo, pero no lo esperaba. Era egoísta hasta tal punto, sentía tan poca estima por los hombres, que no me había pasado por la imaginación que Lisa fuese capaz de semejante gesto. No pude soportarlo. Me precipité como un loco sobre mis ropas, me puse lo primero que encontré y bajé de cuatro en cuatro los escalones. Indudablemente, ella no habría podido recorrer más de doscientos pasos cuando yo salí a la calle.

No hacía viento. La nieve caía en grandes copos casi verticalmente y formaba un espeso colchón sobre las aceras y sobre la desierta calzada. No se veía un alma, no se oía el menor ruido. Los faroles alumbraban inútil y tristemente. Recorrí unos centenares de pasos y llegué al primer cruce. Allí me detuve. ¿Qué dirección habría tomado Lisa? ¿Y por qué corría yo tras ella? ¿Por qué? Porque quería echarme a sus pies, llorar y... confesarle mi arrepentimiento, besarle las rodillas e implorar su perdón. Esto era lo que quería hacer. Sentía que el pecho se me desgarraba. Nunca podré recordar fríamente aquellos instantes.

«Pero ¿qué adelantaré? -me preguntaba-. ¿Acaso no la volveré a odiar mañana mismo precisamente por haberme arrojado a sus pies hoy? ¿Es que puedo hacerla feliz?

¿No he comprobado por centésima vez lo poco que valgo? ¿Podría abstenerme de atormentarla?

Estaba inmóvil en medio de la nieve, tratando de perforar con la mirada el opaco velo, y reflexionaba profundamente.

«¿No sería preferible -me decía, ya de regreso a casa y tratando de ocultar mi dolor en mis desvaríos- que Lisa se llevase mi ofensa consigo? La ofensa purifica, ya que es el sentimiento más amargo, más doloroso. No cabe duda de que mañana mismo mancharía su alma y cargaría su corazón con un peso insufrible. En cambio, si no la vuelvo a ver, ella conservará siempre vivo el recuerdo de esta ofensa. Por espantoso que sea lo que le espera, la ofensa la elevará y la purificará por medio del odio. Y quizá también por medio del perdón... Pero ¿le hará la vida más fácil todo esto?»

Todavía hoy me hago esta inútil pregunta. ¿Qué es preferible: una felicidad vulgar o un sufrimiento elevado? Díganme: ¿qué vale más?

Así pensaba yo aquella noche, aniquilado por el sufrimiento. En mi vida había sentido un dolor tan cruel, un remordimiento tan profundo. Sin embargo, cuando corrí en persecución de Lisa, ¿quién podía dudar ni un solo instante que me detendría a mitad de camino? Jamás he vuelto a ver a Lisa. Ni siquiera he oído hablar de ella. Añadiré que durante mucho tiempo me he sentido satisfecho de mi frase sobre la utilidad de la ofensa y del odio, aunque estuve a punto de enfermar de tristeza y de angustia. Aún hoy, transcurridos tantos años, estos recuerdos me mortifican. ¡Hay tantas cosas que no se quisieran recordar! Pero... ¿no sería preferible poner punto final a este diario? Creo que empezarlo fue un error... En fin, lo cierto es que no he dejado de sentir vergüenza en ningún momento de esta narración. No ha sido literatura, sino una expiación, una pena correccional.

Referir detalladamente cómo ha fracasado uno en su vida, por no saber vivir, reflexionando sin cesar en su subsuelo, que es lo que he hecho yo, no puede ser interesante en modo alguno. Para escribir una novela hace falta un héroe, y yo, como haciéndolo adrede, he reunido aquí todos los rasgos de un antihéroe. Además, todo esto producirá pésima impresión, porque todos hemos perdido el hábito de vivir, porque todos cojeamos, unos más y otros menos. Incluso hemos llegado a perder ese hábito hasta el punto de que sentimos cierta repugnancia por la vida real, por la «vida viva». Pero eso no nos gusta que nos lo recuerden. Hemos llegado a considerar la vida real, la «vida viva», como algo ingrato, como un servicio penoso, y todos estamos de acuerdo en que lo mejor es adaptarse a los libros. ¿Qué objeto tiene nuestra agitación? ¿Qué buscamos? ¿Qué deseamos? Ni nosotros mismos lo sabemos. Es más, si nuestros deseos se cumpliesen, no nos sentiríamos felices.

Si nos diesen un poco de libertad, si detestasen nuestras manos, si ensanchasen nuestro círculo de acción, si nos quitasen las riendas, inmediatamente -estoy seguro- solicitaríamos que nos volvieran a poner bajo tutela. Sé que os he enojado, que vais a gritar, a protestar: «¡Hable por usted solo y por sus miserias subterráneas! ¡Suprima ese nous tous!» Perdonen, señores, pero no he pensado en modo alguno justificarme apelando a esta omnitude. En lo que me concierne personalmente, no he hecho otra cosa en mi vida que llevar hasta el fin lo que ustedes sólo han llevado hasta la mitad, aunque se han consolado con la mentira de llamar prudencia a la cobardía. Tanto es así, que mi vida es tal vez más real que la de ustedes.

Fíjense bien. Hoy todavía no sabemos dónde se oculta la vida, qué clase de sitio es ése ni cómo se llama. Si nos abandonan, si nos retiran los libros, nos veremos inmediatamente en un embrollo, todo lo confundiremos, no sabremos adónde ir ni cómo ir, ignoraremos lo que se debe amar y lo que se debe odiar, lo que debe respetarse y lo que sólo merece desprecio. Incluso nos molesta ser hombres, hombres de carne y hueso; nos da vergüenza, lo consideramos como un oprobio y soñamos con llegar a convertirnos en una especie de seres abstractos, universales. Somos seres muertos desde el momento de nacer. Además, hace ya mucho tiempo que no nacemos de padres vivos, lo que nos complace sobremanera. Pronto descubriremos el modo de nacer directamente de las ideas.

¡Pero basta! No quiero que se oiga mi «voz subterránea».

El diario de este amante de las paradojas no termina aquí. El autor no pudo resistir la tentación de volver a empuñar la pluma. Pero nosotros creemos, como él mismo creyó, que ha llegado el momento de poner el punto final.

FIN